Sonya
ソーニャ文庫

腹黒従者の恋の策略

春日部こみと

JN225570

イースト・プレス

contents

序章

——むかしむかし。

あなたのおじいさんが子どもだった頃より、もっとむかし。

このナダルの大地に、二柱の神様がお生まれになりました。

一柱は勇猛な男神メテル。そしてもう一柱は艶美《えんび》な女神ナユタ。

双子の二柱は、最初は仲の良い兄妹でありましたが、ある日どちらがこの大地を治めるかで争いになりました。二柱はどちらもたいへん力が強く、そのせいでナダルの大地が崩れ始めてしまったのです。

このままではいけないと、兄のメテルは妹のナユタを地の底に封じ、自分がナダルの王となりました。

これがナダル王国の始まりです。

——『ナダル王国のものがたり』より

第一章

酒を飲んだ。生まれて初めて飲んだ酒だ。

それが自分の臣籍降下《しんせきこうか》を祝うものであることは、少し侘《わ》びしい気もする。

『降嫁《こうか》』ではない。『降下』である。ここが重要だ。

ナダル王国第三王女ミルドレッド・エレイン・ルーヴァン・ナダルは、ワインがなみなみと注がれた酒杯を手に、心の裡《うち》でそう鼻白んだ。

王女が臣籍に下る際は、降嫁であることがほとんどだ。というか、それ以外の例をこれまでミルドレッドは知らなかった。

王女が王家の系統から外れる最も栄誉ある方法と言えば、他国の王族に嫁《とつ》ぐことだろう。ミルドレッドの姉である第一王女と第二王女はその栄誉を与えられ、既に他国の王族に嫁ぎ、それぞれ王妃、王太子妃として立派に務めを果たしている。

だが両親から忌み嫌われているミルドレッドが、そんな最高の方法を与えてもらえるとは考えていなかった。とはいえ、嫁に行くことすら許されないとはさすがに思わなかった。

ミルドレッドは数日前、父王によって、辺境の地エヴラールの女辺境伯に任ぜられた。

エヴラール辺境伯とは、この国において特殊な役職である。

国境に面した王国最北端の地エヴラールは軍用地である。国境を挟んで北には、ミルドレッドの母の祖国フィニヨンがある。

百数十年前に、当時のエヴラール辺境伯が力をつけて王に反旗を翻《ひるがえ》したことから、エヴラール辺境伯は王家の王子の中から選出することが定められた。更に世襲制を認めず、一代限りの爵位とされた。これは必要以上の権力を持たせないためであるが、表向きにはエヴラール辺境伯は聖職とされ、妻帯《さいたい》を禁じられることとなった。

そして辺境伯には必然的に、国境警備軍の将軍という役職も付いてくる。だがそれはお飾りの役職であり、実質エヴラール国境警備軍副将軍によって担《にな》われている。

つまり、エヴラール辺境伯に任ぜられるということは、王族でありながら、王権から遠ざけられた捨て駒《ごま》とみなされる、ということなのである。

父王の双子の弟であった叔父も、権力争いを避けるため、若くして辺境伯になったと聞いた。だが叔父はその後一年も経たずに病を得て亡くなってしまったため、その後父王の従兄にあたる人が辺境伯となっていた。

半年ほど前に亡くなったのが、その人だ。妻帯できなかった彼には当然ながら家族はおらず、辺境の地で一人ひっそりと亡くなったそうだ。

一度も会ったことのない人だったが、寂《さび》しい最期に胸が痛んだ。その孤独なお飾り役職である辺境伯の地位が、王女であるミルドレッドに与えられたのである。

この国の歴史上、女性の辺境伯など存在しなかったにもかかわらずだ。

父王には王子がいないわけではない。王太子であるミルドレッドの六つ上の長兄を始め、王子が三人もいる。その男子を差し置いて、女であるミルドレッドを捨て駒に選んだのだ。

『傷物となり王女としての駒にもなれぬお前が、王族の義務を全《まっと》うできる唯一の方法よな。感謝するがいい』

とは、エヴラール辺境伯の任を言い渡された時の、母妃のありがたいお言葉である。

この性悪婆、と内心思わなくもなかったが、相手は母親である上に王妃様だ。黙ったまま殊勝《しゅしょう》な顔をして拝命したわけである。

ミルドレッドの背中には、幼い頃に誤って暖炉の中に飛び込んでしまったことでついた、火傷の痕《あと》がある。かなりの大火傷だったので、背中の半分以上に醜《みにく》い痕が残ってしまい、とてもではないけれど他国の王族に嫁げるような身体ではない。

無論そのことは理解していたから、望むつもりもなかったけれど。

(でもまさか、結婚そのものまで禁じられるとは……)

王女としては失格かもしれないが、普通の女性として生きることくらいは許されるのではないかと、正直期待していた。

両親からの愛は得られなかったミルドレッドだが、不幸中の幸いというか、それを不憫《ふびん》に思った父方の曽祖父であるギスラン・チャールズ・タイラー元王国軍総司令官が、両親に代わり、たいそうかわいがってくれた。

少々ややこしいのだが、このギスラン将軍の娘がミルドレッドの祖母にあたる前王妃である。更に、ギスランには息子もいて、この息子が現宰相。そしてその宰相の妻が、ミルドレッドの乳母である。大変ややこしい。

乳母というからには乳兄弟もおり、名はライアンと言う。

つまり、現宰相の息子である。

乳兄弟である彼は当然のようにミルドレッドと一緒に育てられ、護衛騎士となった。

将来有望な彼を、できそこないの王女の護衛騎士にしておくのは大変惜《お》しいという声があちこちから聞こえていたし、ミルドレッド自身もそう思わなくもないが、それでも傍にいてくれて嬉しいという気持ちの方が大きい。

ミルドレッドは、幼い頃からライアンが好きだった。

ライアンの方もミルドレッドを主として敬《うやま》ってくれていて、形が違うにしても互いに愛情があるのだから、あわよくば彼の妻になれたら――などと甘っちょろいことを考えていたのだ。

脳裏を過《よぎ》るのは、幼い頃のかわいらしい思い出だ。あれは、まだ四つかそこらの時――。

『ミルはぼくがいないとまるでだめだな！』

何もないところでスっ転び、膝小僧を盛大に擦りむいて涙を堪えるミルドレッドに、ライアンは辛辣《しんらつ》にそんなことを言った。いつもは彼が手を繋いで歩いてくれる薔薇《ばら》園のでこぼこの歩道を、その日はなんとなく一人で歩いてみたくて手を放した結果だったからだ。

『そうみたい……』

半べそをかきながら素直にそう頷《うなず》けば、ライアンはミルドレッドの膝に自分のハンカチーフを巻きながら、得意げな笑みを浮かべた。

『しかたないから、ぼくがずっといっしょにいてあげる』

その言葉に、ミルドレッドはパッと顔を上げた。

『ずっと？　じゃあ、けっこんするの？』

ずっと一緒にいる人は結婚相手だと、ミルドレッドは幼心に思っていた。そんな頓珍漢《とんちんかん》な発言に、ライアンはミルドレッドの顔を凝視してしばし沈黙した。

『…………いいよ』

きっとわくわくした表情で答えを待つミルドレッドの期待を裏切れなかったのだろう。

沈黙の後、頷いてくれた。

『わぁ！　じゃあ、ライアンはミルのだんなさまね！』

『そうだな。ミルは、ぼくのおよめさんだ』

意味も分からず笑顔ではしゃぐミルドレッドに、きっとある程度の意味を理解していたライアンが真っ赤な顔で相槌《あいづち》を打った。

思えばミルドレッドは、あの頃からライアンのことが好きだったのだろう。

幼い頃の思い出のままに、彼と結婚できればいいのにという望みを抱き続けてきた。

（まあ、そうならなくてよかったのかもしれないわね……）

なにしろ主からの求婚となれば、従者であるライアンには断れない話だっただろうから。

立場を笠に着た強引な結婚になってしまっていたかもしれない。

ライアンは優しく、どこまでもミルドレッドに甘いから、きっとそんなことはおくびにも出さず受け入れていただろう。だからこそ余計に罪深いのだ。

ミルドレッドは、はぁ、と溜息を吐いた。自分の吐息にワインの香りが混じっている。

史上初の女辺境伯就任の祝い酒は美味《うま》いはずはなく、だからといって不味《まず》くもなく、酒とはこんなものかと、勧められるがままに杯を重ねてしまった。

おかげで良い感じに酩酊《めいてい》していて、悲観的な感情に支配されなくて済んでいる。

明日にはエヴラールへ発たねばならず、そうなればこの王都に足を踏み入れる機会はほとんどないと言っていいだろう。歴代の辺境伯たちも、あの辺境の地を守る『聖職』という立場を理由に、エヴラールから離れることを許されなかった。

かの地に赴《おもむ》けば、そこで天寿《てんじゅ》を全うしなくてはならない。

(……明日には、皆とお別れね。ギスランともセリーズ大叔母様とも……ライアンとも)

セリーズとはミルドレッドの乳母のことで、すなわち現宰相の妻であり、ミルドレッドの大叔母上である。今は王宮に出仕してミルドレッドの世話を焼いてくれているが、宰相夫人である彼女を辺境の地に伴えるはずもない。

同様に、将軍職を退いたものの、王立騎士団の指南役として王宮に職のあるギスランも、そしてミルドレッドの護衛騎士ではあるものの、その秀でた能力を見込まれ、王立騎士団の団長を兼任するライアンも同じだ。

前途ある彼らを道づれになどできない。

父からは無関心、母からは嫌悪を抱かれてきたミルドレッドにとって、ギスランたちこそが家族だった。その彼らと離れなくてはならないと思うと、どうしようもなく寂しいし、哀しい。

(嫌だなぁ……。どうして私が辺境なんかに行かなければならないのだろう)

胸に湧いたその問いを、ミルドレッドは慌てて奥底へ押しやった。

それはともすれば、これまでずっと抱えてきた疑問をも引き出してしまうものだからだ。

『どうして、お父様も、お母様も、私を憎むの？　どうして、私だけを？』

父王と母妃は、完全なる政略結婚だった。互いに愛情などないのは周知の事実。そんな妻との娘である自分に興味がないのは無理もない。

　それでも、同じ腹から生まれた他の兄弟には、ここまで無関心ではなかったのに。

　母の方は父よりも悪意が顕著《けんちょ》だ。ミルドレッドを分かりやすく嫌悪していて、人目をはばからず罵倒《ばとう》し、傍に寄れば寄るなと頬《ほほ》を打《ぶ》たれた。

　無論、他の兄弟にはそんなことはしなかった。

　自分が何をしたのだろう。なぜ、こんなにも邪険にされるのか。なぜ、愛されないのか。

　それはきっと、ミルドレッドがいくら考えを巡らせても結論には辿《たど》り着けない問題だ。

　悪あがきを散々したが、ミルドレッドはいつしか諦《あきら》めた。諦めるしかなかったのだ。

　だから、幼い頃に心の底に沈めて鍵《かぎ》をかけたその疑問を、再び浮かび上がらせるわけにはいかない。

　瞼《まぶた》を閉じ、数回深呼吸を繰り返して、ミルドレッドはうっすらと目を開いた。

　自室へ向かう王宮の回廊は人気《ひとけ》がなく、外から差し込む月光が眩《まばゆ》いばかりに行き先を照らしている。

　奇《く》しくも今夜は満月か。

　月光は銀糸に例えられるが、今日の夜を照らすのはまるで黄金の薄絹のような光だ。

　こんな夜は、人をひどく感傷的にさせる。

（――ライアン）

　脳裏に浮かんだ愛しい男の名前を心の中で呼んだ。

柔らかに揺らぐ金色は、彼の瞳と同じ色だ。

込み上げてきた切なさに、ミルドレッドはハシバミ色の目を細める。

(今夜ぐらい、許されるのではないかしら)

明日になれば、女辺境伯としてエヴラールへと発たねばならない。

王女として嫁ぐことも許されず、あまつさえ女性として結婚することも禁じられている自分が、ただのミルドレッドとして振る舞うことを許されるとしたら、今夜だけだ。

きっとまともな思考回路ではないのだろう。普段のミルドレッドならば、そんな勇気はとても持てない。だが、生まれて初めて味わった酒の酩酊感が、彼女をとても大胆にさせた。

「ライアン」

ミルドレッドは声に出して呟いた。

とても小さな呟きは、黄金の月光の帯に溶けるように霧散《むさん》した。

(月が隠してくれる……)

甘い詩のような戯言《ざれごと》まで頭に浮かび、ミルドレッドは微笑んでふわふわと歩き出す。

向かったのは、自室ではない。回廊を、自室とは逆方向へと曲がり、王宮に勤める者たちの宿舎のある方に進んだ。目指しているのは、王立騎士団団長の部屋だ。

そこに、ライアンがいる。

王宮の警備責任者である彼は、ミルドレッドのエヴラール辺境伯就任の式典の最中も、王宮の警備に当たっていたはずだ。その式典が終われば宿舎に戻るだろう。

夜も更《ふ》けた今は、もしかしたら眠っているかもしれない。

眠っていてもいい。彼の夢の中でいいから抱かれたかった。

女としての自分を、最後に彼に受け止めてほしかった。

ライアンの部屋にはすぐに辿り着いた。

団長である彼の部屋は、宿舎の中でも他の団員たちとは隔てられた場所にある。

飾り気のない重厚なドアをノックすれば、ややあって不機嫌そうな低い声が聞こえた。

「誰だ」

ミルドレッドは思わず、ふふ、と笑う。礼儀正しいライアンは、主であるミルドレッドにこんなぞんざいな口を利いたことがない。ドアの向こうにいるのが自分だと知ったら、どんな顔をするだろうとおかしくなったのだ。

「私よ」

短く答えれば、言い終わる前に勢いよくドアが開いた。

現れたのは、精悍《せいかん》な美丈夫だ。

いつもは後ろに撫《な》でつけられている黒髪は、サラリと下りて男らしい輪郭《りんかく》を覆っている。

高い鼻、少し薄い唇、形の良い切れ長の目の中には、狼《おおかみ》のような金色の瞳が鋭く光っていた。十歳を過ぎる頃には抜かされてしまった身長は、今はミルドレッドよりも頭一つ分高い。祖父であるギスランによって鍛《きた》え上げられた体軀は引き締まり、豹《ひょう》のようなしなやかさがあった。

呆気にとられたライアンの顔に、ミルドレッドは噴き出してしまう。

あまりにも想像通りだ。

「ミル様!? こんな時間に、どうしてこんな場所へ!?」

「うふふ、どうしてだと思う?」

ライアンは、ミルドレッドのとろんとした口調から、いつもと違う様子に気がついたらしい。見開いていた目をわずかに眇《すが》める。

「……酔っていらっしゃいますか?」

「うふふふ、そうなの。お祝いだって、ワインをたくさんいただいたわ!」

お祝い、という言葉で、眉間に深い皺《しわ》が寄った。

辺境伯就任が体《てい》のいい厄介《やっかい》払いだと、皆が知っている。ミルドレッドが指名されたことに一番憤慨《ふんがい》してくれたのはライアンだった。

「……とにかく中へ」

部屋の前で立ち話をしてしまっていたことに気がついたのか、ライアンはドアを大きく開いて中へ迎え入れてくれた。

もう寝るところだったようで、室内の灯りは最小限に落とされている。騎士団長の部屋

とはいえ、官舎である。華美な装飾のない調度品は、質実剛健という感じがして、いかにも武官らしい雰囲気だ。奥にもう一つドアがあり、そちらが寝室になっているのだろう。

ミルドレッドの背後でそっとドアを閉めたライアンが、「ただいま灯りを」と呟いて燭《しょく》台《だい》に手をのばす。その腕に、ミルドレッドは抱きついた。

「ミル様？」

正面から右の上腕にしがみついたので、彼の懐の中に飛び込む形になったけれど、逞《たくま》しいライアンの胸板は厚く、ミルドレッドの小さな身体などビクともせずに受け止めてくれる。

幼馴染で、小さい頃は双子の兄妹のように一緒に転げ回った仲だ。成長してからも護衛騎士として傍で世話を焼いてくれる彼は、ミルドレッドが抱きついたところで今更動揺など見せない。

「……ライアン」

「なんでしょうか、我が姫君」

呼びかけても平然といつもの優しい声で応える彼に、今日ばかりは苛《いら》立《だ》ちを覚えた。

むす、と唇を突き出して、ライアンを見上げる。

（澄ました顔をしていられるのも今の内よ）

ライアンはミルドレッドの機嫌が悪いのを見て取ったようで、困ったように眉を下げた。

「ミル様？」

「私を抱いて」

彼の問いかけに被せるように言えば、ライアンは一瞬沈黙した。

金の瞳を揺らがせて、わずかに首を傾《かし》げる。

「……申し訳ありません。よく、聞こえなかったようで……」

「私を抱いてほしいの」

同じ言葉で二度請《こ》えば、ライアンは今度こそ固まった。ギシリ、と音を立てそうな勢いで身を強張《こわば》らせる彼に、ミルドレッドはこれ幸いとつま先立ちしてその端整な顔に唇を寄せた。

「ミ……！」

唇が重なる直前で我に返ったらしいライアンが声を上げたが、それを遮《さえぎ》るように塞《ふさ》ぐ。

ライアンの唇は、柔らかかった。

男の人の唇は硬いのだとばかり思っていたけれど、こんなにも柔いのかと内心で驚きながら、ミルドレッドはその感触を堪能する。

とはいえ、男性の唇に口づける行為が初めてである彼女に、技巧を凝らしたキスなどできようはずもなく、ただ唇を合わせてじっとしていることしかできないのだが。その先をどうすればいいか分からないミルドレッドは、仕方なく唇を外して踵《かかと》を床に下ろした。

ライアンは茫然とした表情で固まったままだ。

その顔に触れてみたくなって、ミルドレッドは手をのばす。思えばこんなにも近くにいるのに、自分からこうして彼に触れることなどあっただろうか。

恋心を自覚した思春期の頃から、いつだって触れてみたいと思っていた。

けれど、ライアンが拒まないと知っているだけに、それはしてはいけないことなのだと自分を戒めてきた。

その自戒が、この最後の夜、酒の力を借りて破られようとしている。

ミルドレッドは金の瞳を見つめた。

いつ見ても、不思議な色の瞳だ。ギラギラと鋭いのに、とても澄んでいる。

その美しさは、獣を彷彿《ほうふつ》とさせた。狼、と思いかけて、ミルドレッドは苦く笑う。

(……ライアンは、狼ではないわね)

狼は、人の理《ことわり》に収まらない。

(ライアンは、犬よ)

ミルドレッドを守り、決して逆らわない。

主と決めた人物にのみ忠実なこの男は、獰猛《どうもう》な番犬《ばんけん》だ。

(だからきっと今も、私が命じれば、逆らわない)

本当なら、ライアンにも自分を求めてほしかった。求め合う一夜を、女として味わってみたかった。だが、こうして『抱いて』と懇願しても、口づけてみても、硬直したまま動こうとしない彼に、それを求めるのは無理な話だろう。

哀しいけれど、それが現実ならば仕方ない。ミルドレッドには時間がないのだから割り
切らなければ。

「ライアン。私を、抱きなさい」

金の瞳を見据えて、ミルドレッドは命じた。

主の命に、ライアンの瞳に力が入る。茫然とした表情は一変し、こちらを険しく凝視してきた。

「……ミル様」

「命令よ、ライアン。私を抱きなさい。……これが、最後だから」

言いながら、哀しく微笑んだ。切なく、やるせなかった。

主として彼に命じるのも、ただのミルドレッドとして行動できるのも、これが最後。

その哀しさと切なさを読み取ったのか、ライアンの手がミルドレッドの顎《あご》にかかった。

大きな手は骨張っていて、少し震えている。主に手を出す罪深さに恐怖しているのか。

どこまでも忠実な彼らしい、と苦い笑みが漏れた。

「……いいのですか」

ライアンが短く許可を求める。

ミルドレッドは柔らかく噴き出した。どうして許可を求める必要があるのだろう。抱け

と命令しているのはこちらの方だというのに。

「いいに決まっているわ」

返事をすれば、長い腕が腰に回り、ぎゅうっと抱き締めてきた。その間も見つめ合ったままだ。恐ろしいほど真剣なライアンの目が、切なげに揺らぐ。

「……こんな、夜でなければ、どんなに良かったか……」

こんな夜——ミルドレッドが王都を追われる宴の夜だ。

哀しみを表に出すことを許されないミルドレッドの代わりに、彼はいつだって怒り、悲しんできてくれた。

今も代わりに嘆《なげ》いてくれるのか。

「……大好きよ、ライアン」

ミルドレッドは微笑んで、彼の両頬を小さな手で包み込む。骨張った顎の感触に、心臓が高鳴った。自分とは違う——太い、男の骨格だ。ライアンが異性であることを改めて意識させられて、少しだけ動揺してしまう。だがそれを隠すように、踵を上げてもう一度彼に口づける。

今度はライアンも動いた。唇が重なる瞬間、食らいつくように奪われた。歯列を割り、捻《ね》じ込むように舌が入り込み、ミルドレッドの小さなそれに絡みつく。

舌を合わせるキスなどもちろん初めてだったミルドレッドは、驚いて身を捩ろうとしたけれど、腰に回っていたライアンの腕にがっしりと抱き竦《すく》められていて動くこともままならない。

「ん、ん、ぅむ、んんっ……！」

逃げようともがくが、許さないとばかりに舌の付け根を強く押さえられ、苦しさに喘《あえ》いだところをまた絡め取られる。

ぐちゅ、じゅる、という唾液の絡む水音が、自分の身の内側から鈍く鼓膜を震わせた。息ができない。眩暈《めまい》がする。それなのに、身体の芯《しん》がじんじんと疼《うず》くような感覚が芽生えていることに、ミルドレッドは気づいた。

それは酩酊感にも似ていて、苦しいのに、どうしようもなく気持ちよかった。

どくどくと鼓動の音がうるさい。

ようやく唇を離された時には、身体はぐんにゃりと力が入らず、ライアンに体重を預け切ってしまっている状態だった。

は、は、と小刻みに呼吸を繰り返すミルドレッドを、ライアンは軽々と横抱きにした。

いきなり視界が変わり、小さく悲鳴を上げて彼の首にしがみ付けば、ライアンはくすりと笑う。

「落としたりしませんよ」

「……知っているわ」

ミルドレッドはなんとなく唇を尖《とが》らせる。細身に見えて、彼がどれだけ屈強であるのかは、いつも傍にいるのだから分かっている。

厳《いか》つい熊のような者が多い騎士団の中では、ライアンは細身だ。だがその騎士団の団長を務めている時点で、彼の実力は分かるというものだ。必要な箇所を必要なだけ鍛え上げたその肉体は、研《と》ぎ澄《す》まされた刃物にも似ている。ミルドレッドの華奢な身体を抱え上げるなど造作もないことだろう。

彼女を抱えたままライアンが歩き出した。彼の腕の中の温かさと、歩む振動と、酩酊感も伴って、ミルドレッドはうっとりとその肩に頭を預けた。とろりと瞼を閉じかけた時、とさりと柔らかなマットレスの上に下ろされて、目を開く。

「眠らないでください」

「……眠ってないわ」

そう答えたものの、眠りかけていたことは内緒だ。

いまだ続く酒精《しゅせい》のふわふわとした感覚は、ミルドレッドをいつもよりも幼く、大胆にさせる。心配そうにこちらを見下ろすライアンの首に手をかけ、引き寄せた。

逆らわず顔を寄せてくれた彼に口づけながら、その首を撫で下ろす。滑らかで張りのある皮膚の感触。ライアンの体温はミルドレッドよりもわずかに高かった。

そのまま指を下ろし、浮いた鎖骨を辿る。ライアンはミルドレッドの口の中をまさぐりながらも、他は彼女のしたいようにさせてくれている。キスの合間に喘ぐような呼吸をしながら、ミルドレッドはライアンのシャツの釦《ボタン》を外そうと襟に手をかけた。

「……ん、ぅん……」

キスをしながら相手の服の釦を外すという行為は、酔っ払ったミルドレッドにはなかなか至難《しなん》の業《わざ》だった。もたもたとてこずりながらようやく一つ目を外した時、痺《しび》れを切らしたのかライアンが顔を上げた。釦を弄《いじ》っていた細い手を大きな手で覆うように握ると、それを口元へもっていって、恭《うやうや》しく手の甲に口づける。

ミルドレッドがその一連の動作をぼんやりと見つめていると、その視線に気づいたライアンは、はにかんで口元を歪《ゆが》めた。

照れくさそうな笑みのはずなのに、その金の瞳だけは切羽詰まったようにギラギラと煌《きら》めき、そのアンバランスさにミルドレッドは目を瞠《みは》る。艶めいていて、隠しようもなく『男』を匂い立たせる色気が、そこにはあった。

「そんな蕩《とろ》けた顔をなさって……ああ、ミル様、かわいい……」

彼の口から転がり出た台詞に、ミルドレッドはまたドキリとして唾を呑む。

こんなライアンを初めて見た。

もう忘れてしまうほど昔から一緒にいる。兄妹のように育ってきて、片時もミルドレッドの傍を離れず守ってきてくれた彼は、いつだって頼りになる乳兄弟であり、忠実な従者だった。

ライアンを愛している。その愛の中には、親愛や友愛、そして恋愛ももちろん含んでいる。

だが処女《おとめ》であるミルドレッドは、性愛を知らない。今自分が得ようとしているものが性愛であることを、この時ようやく自覚した気がした。

早鐘を打っていた心臓が、より一層強く速く動き始める。

赤くなっていく頬に、ライアンが口づけた。

「ミル様。脱がせても？」

訊ねられ、ミルドレッドは言葉もなく頷く。

よく見れば、いつの間に外したのか、彼のシャツの釦は全て外されていた。

ライアンはミルドレッドの首肯を確認し、一度上体を起こしてシャツを脱ぎ去る。バサリとそれを無造作にベッド脇の椅子に放ると、マットレスを軋《きし》ませてベッドに乗った。

横たわるミルドレッドに跨がるように膝立ちになったライアンを、茫然と見上げる。

露わになった上半身は、しなやかで逞しかった。引き締まった腹部は、隆起が肌に深い影を落とすほど筋肉がついていて、野生の肉食獣のようだ。

その美しさに目を瞠っていると、ライアンもまたミルドレッドの姿を食い入るように見つめた。冷たく見られがちなほど整った顔で瞬きもせずに見入ってくるので、さすがのミルドレッドも羞恥心が湧いてくる。

「ラ、ライアン……？」

「……俺のベッドに、ミル様が……」

躊躇いがちな呼びかけに、ライアンはうわ言のように呟いた。

ここに手ずから寝かせたくせに何を言っているのだ、と言いたかったが、長い腕がのびてきて、ミルドレッドの衣装に手をかけたので、驚いて口を噤《つぐ》んだ。

（そ、そうか、脱がされるのよね）

先ほど、脱がせてもいいかと訊ねられ、頷いたことを思い出し、ミルドレッドは深呼吸して身を任せる。

「背中の釦を外します。横を向いていただけますか？」

囁き声で促され、ミルドレッドはぎこちなく側臥位《そくがい》になる。

ライアンの手はゆっくりと動いた。小さな貝釦を一つ、また一つと丁寧に外していく。

夏場とはいえ式典に出席しなくてはならなかったため、ドレスの生地はモスリンではなくシルクだ。数年前より隣国フィニヨンで流行り出したエンパイアスタイルのドレスは、コルセットやパニエを身に着けなくていい気楽さはあるが、身を守るという意味では非常に心許ない。

釦を一つ外されるたび、衣服の締め付けから身体が段階的に解放されていく。楽になっていいはずなのに、ミルドレッドの緊張は反比例するように高まっていった。

やがて全ての釦が外されると、くるりと身を反転させられ再び仰向けになった。

ライアンの手が丁寧に肩を滑り、短い袖を引き下ろしていくと、同時に胸元の生地も一緒に下がっていく。ライアンはそのままドレスを脚から抜き取った。

「ああ、こんなに華奢な手足で……土の上を歩いているなんて、怖いくらいだ」

ドレスを取り去った後、ミルドレッドの足を労るように撫でて、ライアンがそんなことを言った。

「な、なに変なこと言ってるの……」

確かにミルドレッドは女性の中でも背が低い部類ではあるが、歩くのが怖いだなんて。

だがライアンは、いいえ、と首を横に振った。

「ミル様は昔から小さくて、華奢で、少しでも目を離せば壊れてしまいそうだと、ずっと思っていました……。だから、俺が――」

その後の言葉は、ライアンがミルドレッドの手に口づけたので聞き取れなかった。手の甲に受けた唇の柔らかく濡れた感触に、指先が震える。

ドレスの下は、袖のないシュミーズとドロワースのみだ。半分透けた薄い生地のみで向き合えば、自分のみすぼらしさに涙が出そうになる。

ミルドレッドは平凡な娘だ。取り柄と言えば王女という身分ぐらいで、それだって両親から疎まれているのだから価値があるのかも怪しいところだ。

茶色の髪にハシバミ色の瞳、顔は十人並みという平凡そのもの。おまけに年頃の娘にしては痩身《そうしん》で、女性らしい膨《ふく》らみに乏《とぼ》しい。

古い神話に出てくる麗しい男神さながらのライアンに比べ、あまりにも貧弱だ。

そして、自分の背中には火傷による醜い痕がある。この火傷を負った時はライアンも傍にいたため知ってはいるだろうが、もう何年も見たことがないはずだ。

ライアンがシュミーズの紐《ひも》を摘まんだ時、ミルドレッドはハッとしてその手を摑んだ。

「脱がさないで！」

「ミル様？」

驚いたように目を丸くするライアンに、ミルドレッドは首を横に振る。

「痕を、見られたくないの……！」

その言葉に、ライアンがクッと眉間に皺を寄せた。

「なぜですか？　俺はあなたの全てが見たい」

「ダメ！　だって、醜いわ！　気持ち悪いって思うかもしれな、んぅ」

必死に言い募るミルドレッドに、ライアンは口づけで口を塞ぐ。

例のごとく口内を良いようにされ、息も切れ切れになった頃、ようやく解放された。

ライアンは二人の間に伝った銀糸をペロリと舐《な》め取りながら、酸欠でぼんやりとしているミルドレッドに微笑みかける。

「これは、あなたが俺を守ってくださった証です」

シーツとの隙間を縫って入ってきた手が、ミルドレッドの背中を撫でた。ちょうど痕のある場所だ。

「俺にとっては、己の主が誰よりも高潔で勇敢な女性だという証です。それを美しいと思いこそすれ、どうして醜いなどと？　それは俺の忠誠心を冒瀆《ぼうとく》することと同じです」

ライアンの言葉に、ミルドレッドは臍《ほぞ》を嚙む。確かにこれは、幼い頃に彼を庇《かば》ったことで暖炉に突っ込み負ってしまった火傷の痕だ。ライアン自身も『主君に庇われ、火傷を負わせてしまった』という自責の念に苦しんでいるのを知っている。

それなのに、彼を余計に苦しめるようなことを言ってしまった。

「……そうじゃ……そうじゃ、ないの……」

力なく否定すれば、ライアンが艶やかに微笑んだ。

「では、見せてくださいますね」

こうなればもう致し方ない。ミルドレッドは逃げたい気持ちを堪えて、摑んでいたライアンの手を放す。

半ば不貞腐《ふてくさ》れた気持ちで目を閉じれば、その瞼に柔らかく口づけられる感触がした。

シュル、という微かな衣擦れの音がして、シュミーズの紐が緩められる。前開きのそれはあっさりと開かれ、袖から脱がされた。ついでのように、ドロワースの腰紐も緩められ、羞恥心を抱く間もなく脚から引き抜かれる。

生まれたままの姿になるまで、目を閉じた一瞬で済まされてしまった。

唖然《あぜん》として目を開けば、自分に覆い被さったライアンの顔があり、驚いて小さく悲鳴を上げてしまう。そんな彼女を尻目に、ライアンは啄《ついば》むだけのキスを顔中にし、顔が終わると、首や鎖骨へと下りていった。

彼の唇がこれ以上下りてくる前に、ミルドレッドは腕を交差させて胸を隠した。膨らみの足りないそこは、仰向けに寝てしまえばほとんど少年と同じだと知っていたからだ。

「ミル様」

やんわりと咎めるような声がしたが、ミルドレッドは無視を決め込む。

頑として腕をどけようとしない様子に、ライアンは小さく溜息を吐いた。そしてミルドレッドの脇に横たわると、その肩を摑んでくるっと半回転させる。

「あっ！」

ライアンに火傷の痕のある背中を晒す体勢になってしまったミルドレッドは、焦って隠そうとするのに、片手で抱き込むようにしている太い腕に阻《はば》まれてしまう。

「やあっ！　ライアン！」

見ないで、と叫ぶ前に、背中にキスをされた。

「――ああ、薄桃色で……大きな花のようだ」

そんなばかな、と言いたかった。花のわけがない。焼け爛《ただ》れた皮膚は、年月を経て色こそ薄れたものの、膨れて引き攣《つ》り、そこだけてかてかとしていて、まるで背中に別の生き物が棲みついているかのように見える。

母はこれを見て、見るに堪えないとばかりに目を逸らし、「おお、気持ちが悪い！　まるで幼虫が這《は》っているようだわ！」と喚き散らし、嘲笑《あざわら》った。

「……花、なんかじゃ、ないわ……」

自嘲に口元を歪めて呟けば、ライアンがもう一度そこに唇をつける。

「花ですよ」

「違う。だって、お母様は……」

「誰が何と言おうと、俺が花と言えば花なんです。これは俺があなたのものである証なのですから」

ミルドレッドの反論を遮るように言って、ライアンがそれを舐めた。

生温《なまぬる》い湿った感触に、ミルドレッドは息を呑む。火傷の痕の部分は感覚が鈍くなってはいるが、まったくないわけではない。

「ラ、ライ……」

「これは俺以外、誰にも見せてはいけませんよ」

誰にも、というのは無理がある。着替えや入浴は侍女に手伝ってもらうからだ。

だがそのどこかうっとりとした口調になんだかうすら寒いものを感じて、ミルドレッドは咄嗟に首肯した。

「俺しか見ないのだから、他の誰が何と言おうと関係ない。そうでしょう？」

まだ足りないとばかりに念を押すライアンは、ちゅ、ちゅ、とかわいらしい音を立てて痕に吸い付いている。その慣れない感触をひたすらじっとすることでやり過ごしていると、前に回っていた手が不埒《ふらち》な動きをし始めた。

「ひぁっ……」

片方の手で小さな胸を揉《も》み、もう片方が薄い茂みを掻き分け下りていく。

わずかな膨らみは大きな手にすっぽりと包まれ、熱い掌《てのひら》でまだ柔らかな胸の蕾《つぼみ》を転がされる。刺激されたそれが健気《けなげ》に芯を持って硬くなると、指の間に挟んで擦った。

「ん、ぅんっ……ぅっ」

敏感な胸の尖りを捏《こ》ねる一方で、もう一方の手は脚の付け根をまさぐっている。花弁のまだぴったり閉じた筋を指の腹でなぞると、その上の秘芯を柔らかく撫でた。

「ぅあっ……!?」

最も快感を拾いやすいその突起に触れられ、ミルドレッドはビクリと身を反らす。その反応に味を占めたのか、ライアンの手は執拗《しつよう》にそれを嬲《なぶ》った。

「ひ、ぁ、だ、めぇっ、それ、おかしくっ、なっ……！」

胸の蕾と、秘芯との両方を弄られ、初めて味わう愉悦《ゆえつ》の兆《きざ》しに、ミルドレッドは怯えて悲鳴を上げる。

ライアンは仰け反ったミルドレッドの頭に自分の鼻を擦り付けるようにして、それからそっと耳を舐めた。びちゃり、という水音が、脳に直接響くように聞こえる。ぞくぞく、と甘い慄《おのの》きが首筋から背中へと走って、目の前にパチパチと火花が散った。

「ひ、ぁ――」

顎を反らし、四肢を引き攣らせてミルドレッドは達した。

初めて到達した快楽の高みに茫然として、ゆっくりと身体を弛緩《しかん》させる。

は、は、と細切れに息を吐く彼女の頬に口づけ、ライアンは力の抜けた脚をそっと開かせた。その間に自分の片脚を挟ませると、再び花弁に触れる。固く閉じていたそこは、味わったばかりの快楽に蜜を滲《にじ》ませていた。

花弁を柔らかく掻き分け、つぷりと指が一本埋め込まれる。

ミルドレッドはヒクリと身を揺らしたものの、痛みはなかった。違和感は否めないけれど、背後から包み込んでくれる逞しい身体に身を任せ、ライアンの指の感触を追った。

「……ん……は、ぁ……」

ライアンの指は隘路《あいろ》を縫うように進み、ぐにぐにと肉襞を掻いた。慣れない感覚に眉根が寄ったが、彼の一部が自分の内側にあるのだと思うと、胸がきゅうっとなる。快感には遠いはずなのに、奥からは愛液がとろとろと湧き出しているようで、指が蠢《うごめ》くたびにぐちゅぐちゅと粘ついた水音が立った。

「ミル様……」

ライアンが切ない声で呼んだ。

それだけで、心臓が摑まれ、下腹部がじわっと熱くなる。顎でキスを促され、苦しい体勢ながらも精一杯顔を後ろに向ければ、唇が重なる。

肉厚の舌が切羽詰まったように絡みついてくる。

上も下もライアンに侵され、でもそれが嬉しくて胸が締め付けられる。侵略されているのに、幸せで、苦しい。奇妙な感覚だった。

指が二本に増える。自分の腹の中で、バラバラと動いたり、指を曲げられたりすると、気持ちいいわけではないのに嬌声が漏れた。

「んっ、んんっ、ぅあ、ふ、ぁ、ラ、イアン……」

未知の感覚にじわりと恐怖が込み上げて、涙目でライアンを見る。

ライアンもまた、余裕のない顔をしていた。

「ミル様……ああ、こんなに熱くして……とろとろで、俺の指が、溶けそうだ……」

膣内を掻き回しながらうっとりと囁かれ、酩酊していてもやはり恥ずかしい。だが生憎今はそれを伝える術がなく、ただされるがままに甘ったるい鼻声で啼《な》き続けるしかなかった。

「はぁ……声も、表情まで、こんなに蕩けて……かわいい……」

ライアンがうっとりと何かを言っているが、ミルドレッドはそれどころではない。

ちゅぷり、と音を立てて自分の中から指が抜かれる。異物感が失われたことにホッとしているのに、どこかで寂しく感じている自分もいて、ミルドレッドは少し混乱した。

半ば放心し、ぼんやりとした視界の中に、透明な粘液に塗《まみ》れたライアンの手が入り込んできて、ぎょっとする。骨張った指がそれを見せつけるように動く。

背後で「すごい……」と呟いているのが聞こえて、さすがに羞恥心で泣きそうになった。

「やっ……」

手で顔を覆った時、ベッドを軋ませてライアンが起き上がり、ミルドレッドの脚の間に陣取った。

え、と思う間もなく、濡れそぼった蜜口に、熱い塊《かたまり》をあてがわれる。それが何なのか分からないほど、ミルドレッドは無知ではない。仮にも王女だ。自分の貞操の価値がどういうものかを知っておかねばならない身なのだから。

(——でも、私にはもう必要のないものだもの)

『エヴラール女辺境伯』——そんな形だけの『聖職者』に貞操など意味はない。ならば、本当に愛する男性に純潔を捧げたっていいはずだ。それくらいの自由は許される。

ミルドレッドはライアンに向かって腕をのばした。

「ライアン」

彼を抱き締めたい。彼を近くに感じたかった。

ライアンはミルドレッドの要求にすぐに応じた。ミルドレッドがしがみ付きやすいように上体を倒してくれる。その太い首に縋《すが》るように腕を回した時、腰をぐっと押し付けられて目を瞠った。

「……ッ!?」

熱く硬いものに圧される、途方もない圧迫感に呼吸が止まった。

これが自分の中に入るのだと分かっていても、物理的に無理としか思えない。

何か手順が間違っているのではないかとライアンを見上げると、言葉を封じるみたいにキスで塞がれた。油断している歯列はすぐに割られて舌が入り込む。それと同時に、またぐうっと腰を押し進められる。

「んぅううっ」

無理だ、と言いたいのに言えない。

ライアンは小刻みに腰を揺らし、引いたり押したりを繰り返す。

その動きに合わせて、ギシ、ギシ、とベッドが鳴った。

「ん、ぅん……ん、ぅ、ふう、……ぅう」

執拗なまでに前後の揺さぶりを繰り返す内に、少しずつ肉塊が隘路を押し広げていく。みち、みち、と膣壁が音を立てそうだ。

それでもミルドレッドの身体は危機を察知してか、奥から愛蜜を吐き出していて、健気に彼を受け入れようとしている。

歯を食いしばったライアンが苦しげに言って、鋭く身動きをする。

「っ……、ミル様……、申し訳、ありませんッ」

「う、きゃあぁッ！」

一気に腰を突き入れられ、身体の真ん中目掛けて雷が落ちたかのような痛みに襲われた。悲鳴を上げて四肢を突っ張るミルドレッドを、ライアンが全身を使って抱き締める。

「すみません……すみません、ミル様……！」

何度も謝りながら、ミルドレッドの顔中にキスを落とし、痛みに零《こぼ》れた涙を吸い取った。

謝らなくていい、と言いたいのに、痛みの余韻に戦慄《わなな》く身体はうまく動いてくれず、ただ弱々しく首を横に振ることしかできない。

彼の熱い肉杭が自分の中をみっちりと埋め尽くしている感覚を、ミルドレッドは震えながら実感する。不思議だ。痛くて苦しいのに、嬉しい。愛しい男性に侵されたこの痛みを、誇らしくさえ思った。

ライアンはそのままの体勢でじっとしてくれていた。

鋭かった痛みが、砂糖が水に溶けるようにじわじわと消えていくと、やがて腫れぼったい熱だけが名残のように下腹部に留まった。

ミルドレッドは細く息を吐くと、ライアンに囁く。

「もう、痛くないわ」

痛みを与えたことをしきりに謝る彼に、もう謝らないでほしくて言った台詞だったが、ライアンは違うふうに捉えたらしい。

本当に？　とでも言うようにミルドレッドの瞳を覗き込み、それに微笑みを返せば、くしゃりと破顔してキスをしてきた。

そのキスを受け入れると、中を満たしていた硬い楔《くさび》が、ずるりと引いていくのが分かった。

これで終わったのか、と心の中でホッとしていると、出て行くギリギリまで引いていったそれを、再び勢いよく押し込まれた。

「ん、んぅッ!?」

キスをされたまま、最奥を突かれて、ミルドレッドは目を白黒させる。

痛みはもうなかったが、奥を鋭く突かれると、下腹部が鈍く痺れた。

ライアンは箍《たが》が外れたようにミルドレッドの口内はおろか、顎や頬、鼻、瞼など顔中をべろべろと舐め回している。その間も腰を振りたくり、受け止めるミルドレッドは矢継《やつ》ぎ早《ばや》に与えられる衝撃に、眼裏にチカチカとした光が見え始める。

接合部からはぐちゃぐちゃと淫靡《いんび》な音がしきりに立っていて、腰を打ち付けられることで互いの肌が鳴る、拍手のような音が部屋に響いている。

「ぁ、あ、ぁあっ、ラ、イ、アンっ、も、ぅはぁっ」

激しすぎる行為に制止の声を上げるのに、ライアンの耳には届かない。は、は、は、という獣じみた荒い呼吸がミルドレッドの頬にかかるばかりで、声は出て来なかった。

抉るように擦り上げられる蜜襞が、強い刺激に応えようと懸命に蠕動《ぜんどう》する。ぎゅう、と自分の中がうねり、ライアンを締め付けるのが分かった。

ライアンの喉から呻《うめ》き声が漏れる。

「ああ、ライアン……ッ、あっ」

ミルドレッドの中で、雄根がどくりと脈打ち、ひと際大きく太くなった。

「ミル様っ……俺の、ミルドレッド……！」

ライアンがミルドレッドの小さな頭を抱えるように覆い被さる。

膝をライアンの肘にかける形で身体を折り曲げられ激しく穿《うが》たれて、鈍い痺れが熱に変わっていくの感じた。熱杭で内側からもみくちゃにされて、熱でどろどろに溶かされ、自分が自分でなくなっていく。

「……約束を、覚えていますか？」

気だるい快楽の靄《もや》がかかった思考のさなか、ミルドレッドの最奥を突いたまま動きを止めて、ライアンがポツリと言った。

「や……く、そく……」

ミルドレッドはぼんやりと繰り返す。

思考の定まらない様子にクスリと笑って、ライアンは「忘れてしまわれた？」と自嘲めいた笑みを浮かべる。

「だが、俺は忘れません。あなたは、俺と結婚すると仰った。俺を、あなたの『旦那様』にしてくださると」

靄のかかったような頭でライアンの言葉を反芻したミルドレッドは、彼があの思い出の話をしているのだとゆっくりと理解し、苦笑を零す。

「……ばかね……」

あんな幼い頃の戯言を、未だに気にしていてくれたなんて。

だがミルドレッド自身も、その他愛もない約束にしがみ付くようにして、己の運命に抗おうとしてきたのだ。

(……ああ、でも)

幼い抵抗もこれでおしまいだ。

ミルドレッドはエヴラール辺境伯に任ぜられてしまった。結婚は、永遠にできない。

父からその話を言い渡された時、誰よりも憤慨してくれたのはライアンだった。

『なぜミル様が!?　ミル様でなくとも、王子はたくさんいるではないですか！』

ミルドレッドの自室でギスランに食ってかかるライアンは殺気立っていて、今にも殴り掛かりそうな勢いだった。慌てて宥めたのはミルドレッドだった。

『いいのよ、ライアン。私はもう覚悟を決めたから』

するとライアンは信じられないという表情をして、それから悔しげに顔を伏せた。それ以上何も言わなくなった彼に、ミルドレッドも声をかけられなかった。

思えばあの時、ライアンはミルドレッドが不憫でならなかったのだろう。

ライアンにとって、ミルドレッドはいつまで経っても手のかかる妹で、そして主だった。

今こうして、彼の腕の中にある最中ですら、彼の心にあるのはミルドレッドへの愛情ではなく、憐憫《れんびん》と忠誠心だ。

情けない主の憐れな境遇を嘆いて、幼い頃の約束に縛られる彼が、愛おしくて憎らしい。

その忠誠心のほんの欠片でも、恋情に変えてくれれば——。そう思って、いいえ、と心の中で首を振る。

もしライアンに欠片でも恋情を向けられれば、きっとミルドレッドは今の境遇を受け入れられなかっただろう。彼の与えてくれる一片の情に縋って、彼を自分の悲運の道づれにしてしまったに違いない。

ミルドレッドに下ったのは、残念ながら王命だ。覆すことも、逆らうことも難しい。

逆らえば死罪などという運命に、彼を巻き込むわけにはいかない。

だから、ミルドレッドはこれでいいのだと微笑んだ。

「ライアン……もう、いいのよ。そんな、他愛もない約束なんて……」

ミルドレッドの言葉に、ライアンは眦《まなじり》を吊り上げた。歯軋りすらして小さく叫ぶ。

「どうして、あなたはそうやって諦めてしまうのか！」

「アッ！」

言いながら、ライアンが最奥まで刺さったままの肉楔をグリグリと押し回してきた。その鈍い衝撃に、ミルドレッドは高い悲鳴を上げて身をしならせる。

「俺は……守ります。どんなことをしてでも、あの約束を、守ってみせる！」

「あ、ふ、ぁ、ひ、ぁあ、アアッ！」

食いしばった歯の隙間から唸《うな》るような声で言いながら、ライアンが激しく抽送を始める。

蜜襞を抉る肉杭は硬く熱く、ミルドレッドの中の悦びを溶かしていく。とろとろに蕩けた悦楽は、甘い毒のようにじくじくと全身を疼かせる。

ライアンがもたらす熱病のような酩酊感に、再び思考が霞《かす》んだ。

白く淡くなっていく視界に合わせて、ライアンがぐちゃぐちゃにしている媚肉《びにく》が熟《う》み、別の生き物のように太い肉竿にきゅうきゅうと絡みついていく。

　ハッ、とライアンが短く息を吐いた。

　精悍な顎から汗が滴ってミルドレッドの頬にかかる。その雫が頬を伝う感触に、愛する男が、自分を抱いてくれていることを実感して、どうしようもなく幸せを感じた。

（……これでいい。もう、これだけで……）

　ミルドレッドは涙を流した。

　ライアンが触れてくれている。今のこの全てを忘れない。

　これだけで、この思い出だけをよすがに、これからを生きていける。

「ぁ……ぁ――」

　自分の中で何かが膨れ上がって、破裂しそうだ。それが怖くて、ミルドレッドはライアンにしがみ付いた。ライアンは硬く熱い胸の中にミルドレッドを抱き込んで、その瞬間、最奥を抉るように深く重く怒張を突き入れた。

　その熱い刺激に、ミルドレッドは白い高みへと放り投げられる。

「ミル、様ッ……！」

　ライアンが低く呻いて、背中をぶるりと震わせた。

　どく、どく、と膣内でライアンが弾けるのを感じながら、ミルドレッドは目を閉じたのだった。

第二章

「ミル様ぁー！」

呼び声に気がついて、ミルドレッドは鐙《あぶみ》にかけようとしていた足を下ろした。

隣を見れば、既に騎乗していたギスランも、その声に気づいて馬を下りてくれている。

愛馬のオンディーヌが、「なぜ乗らないんだ」とばかりに、真っ白い鬣《たてがみ》を揺らして鼻面を寄せてくるのを撫でて宥めながら、ミルドレッドは声の方を振り返った。

市場の方から、十歳くらいの男の子を筆頭に、子どもたちが四、五人、手を振りながらこちらへ駆けてくるのが見える。

「ジョスたちだわ」

ミルドレッドが笑いを含んだ声で言えば、ギスランも喉の奥で笑った。

「今日はなんのおねだりをするつもりでしょうな」

困ったものだ、と言いつつも、その表情は好好爺《こうこうや》そのものだ。『常勝の悪魔』と呼ばれ、無類の強さで周辺諸国を戦慄させた強面の元総司令官ギスランも、幼い子どもたちの前では形無しである。

ミルドレッドはクスクスと笑い出し、肩を竦めた。

「この間はマリナのところの焼き菓子をしこたま買わされたわ。今日はミレーゼが屋台を出していたから、飴かもしれないわね」

今日はエヴラール一の繁華街カッセンで、三か月に一度の市場が立つ日なのだ。様々な商人たちがやって来て、エヴラールでは珍しい品々を広げるだけでなく、カッセンの飲食店が屋台を出して、普段はない特別なメニューを売るので、皆楽しみにしている。

子どもたちも例外ではなく、この日のためにいっぱい手伝いをして小遣いを貯めている。

領主であるミルドレッドも赴任してから毎回この市場を訪れていた。市場調査を含め、民の生活水準や、流れてくる商品に怪しいものはないかなどを調べるためなのだが、子どもたちにしてみれば、暇なご領主様のお散歩にしか見えないのだろう。市場を歩き回るミルドレッドとギスランに纏《まと》わりついて来るようになった。

ギスランもミルドレッドも子どもが好きだから、かわいさからついお菓子を買ってふるまってしまい、以来、市場でミルドレッドたちを見つければ、子どもたちは決まってお菓子を買ってもらおうとするようになってしまったのだ。

「ミル様！　ギスランの爺《じい》様！　ねぇねぇ、あっち行こう！　あっち！　ミレーゼ姉ちゃんの店！」

「ミル様抱っこぉ！」

「ギスラン爺ちゃん、肩車してくれよ！」

「飴！　水飴を売ってるんだよ！　赤いのと、黄色いの！」

「息を切らせて駆け寄ってきた子どもたちが、各々言いたいことをわぁわぁと捲《まく》し立てる。

そのかしましさに目をぐるりと回しながら、ミルドレッドは手を差し伸べてくる幼女を抱き上げる。

「ハイハイ、ちょっと落ち着いて、皆。いっぺんに喋っても全然分からないわ。それに、人に会ったらまず、挨拶からでしょう？」

ミルドレッドの注意に、子どもたちは一様に口を閉じて姿勢を正した。そして互いに顔を見て呼吸を合わせると、せーの、という掛け声の後、元気に声を出した。

「こんにちは、ミルドレッド様、ギスラン様！　お元気でいらっしゃいますか！」

棒読みではあったけれど、ちゃんと教えた通りの挨拶ができた彼らに、ミルドレッドは満面の笑みを見せて頷いた。

「ええ、元気よ。皆さんはいかが？」

「元気でーす！」

「でもお腹空いた！」

「はやくはやく！」

挨拶が終わった途端にあっという間にやかましくなった子どもたちに、ミルドレッドとギスランは顔を合わせて苦笑いをする。

「お行儀は学校で教えてるはずなのに」

「まあ、そうすぐに身につくものではありますまい」

辺境の地エヴラールに来て一年が経過していた。

領地の大半は荒れ地だが、兵士が駐屯するため人口はそれなりに多い。居住区には繁華街もあり、荒っぽい雰囲気ながらも賑わいを見せている。

だが福祉はまだ充分には行き届いていないのが現状だ。病院はなく、多少医術の心得のある者が医者の真似事をしている診療所がある程度で、こと教育に関しては最悪だった。学校自体が存在しないので、識字率が零に等しい。

このままではいけないと、辺境伯に就任して早々、ミルドレッドは学校を作ることにした。自分の教育係だった者たちに手紙を書き、辺境まで来てくれる教師を募った。やって来てくれたのはまだ若い牧師で、子どもたちの将来のためになるのならと、篤《あつ》い志を持って取り組んでくれている。

こうしてせっかく作り上げた学校だったが、『学校』という概念が民に定着するのには時間がかかった。この地では子どもも立派な働き手だ。その彼らが学校に通う間、貴重な働き手がなくなってしまうことに、大人たちが難色を示したのだ。

ミルドレッドは自ら市街地へ赴き、学校に通わせることの重要性と、そうすることで子どもたちの将来が広がることなどを伝え、根気よく彼らを説得することで、これを承認させていった。

カッセンに住まう子どもの八割が学校に通うようになったのは、ほんのひと月前のことだ。

まだまだやらなくてはならないことは山積みだったが、学校を作ったことで、民と意見交換をしつつ制度として定着させることができたのは、非常に有意義だったと考えている。

(エヴラールに来て、こんなやり甲斐を見つけられるなんて、あの時は思いもしなかったのに)

ミルドレッドは苦笑して思う。

女辺境伯に任命されたあの日、王女としての生も女としての生も奪われたと思っていた。実際、この地に来てすぐは、そんな不貞腐《ふてくさ》れた考えに捕らわれて、城の中で鬱々《うつうつ》と過ごしていた。だが、元来好奇心旺盛なミルドレッドである。この性格のおかげで子どもの頃は生傷が絶えず、乳母のセリーズに嘆かれたものだ。

城の中ですっかり退屈して、三日後には城下町であるカッセンに足を向けていた。そして、カッセンの民の活気ある様子を見て、このエヴラールが決して辺境の荒れ地なだけではないことに気がついた。国境の街であるために、他国からの民や品が通過するのだ。当然、文化の融合が国内で最初に起こる場所でもある。識字率は低いとはいえ、各国の言葉が入り混じって使われ、独自の貿易用語も発達している。

粗削りではあるが、これほど活き活きとしている民を、このまま『荒れ地』に埋もれさせておくのは勿体《もったい》ないと思った。

(国造りを、してみよう)

不意にそう思った。活気はあるが、まだ粗削りなこのエヴラールを磨き、ナダル国で一番豊かな地にしてみよう。名ばかりの女辺境伯であるとはいえ、領主であることには違いない。何かあった際には自分が責任を取ることになるのだから。

それならば、いっそ自分でやってしまえばいいのだ。

都合がいいことに、建前上とはいえ、女辺境伯にはその権限が認められている。

歴代の辺境伯がしなかったことをやり始めたミルドレッドに、当然のことながら、これまで実質上の領主として権力をふるってきた国境警備軍副将軍はいい顔をしなかった。

『小娘のくせに』『役立たずの王女ふぜいが』『目障《めざわ》りな』など、彼を中心として聞こえてくる陰口はキリがない。

国境警備軍をまとめる将軍でありながら、軍の中で完全に孤立しているというこの摩訶《まか》不思議な事態。だが世の中、組織に所属するとこういう矛盾はままあることである。

その王女失格目障り小娘なミルドレッドが、こうして好き勝手をしていられるのは、ひとえにギスランの存在のおかげだ。

エヴラールに出立する日、ミルドレッドは自分と同じように旅装をして現れたギスランに仰天した。エヴラールに誰も伴うつもりはなかったからだ。道づれにするには、自分の周囲にいてくれた人たちはあまりにも輝かしすぎた。

『これまで私に仕えてくれて、本当にありがとう。でも、誰も伴うつもりはないの。ギスラン、あなたは王都でまだやることがあるわ』

そう告げたミルドレッドに、ギスランはハッと鼻で笑った。

『こんな老いぼれにまだ何かさせるような国では、もうおしまいですな。ひよっこどもの指南役とて、単なる暇つぶしです。役職としてやっていたわけではありません。儂《わし》にはもうこの国の政治にも軍にも、居場所はないのですよ。既に陛下にも、老い先短い生をどう生きるかの自由をお許しいただいております』

父王に許可を得ているということは、隠居を認められたということだろう。ギスランは元々、総司令官の職を去ってからは、憐れな曾孫《ひまご》であるミルドレッドの傍にいるために、隠居をのばしていた節がある。

『そ、そうは言っても……』

隠居を許したと言っても、まさかミルドレッドについて辺境へ行ってしまうなんて、父王は想像もしていなかったのではないだろうか。ギスランを師と仰ぐ若い騎士たちも嘆くだろう。

逡巡していると、ギスランは申し訳なさそうな顔をした。

『もし儂が行かないとすれば、不肖の孫息子が爆発しますがよろしいですかな？』

『いえっ⁉』

唐突にライアンに言及されて、変な声が出てしまった。前夜にライアンに強引に抱いてもらった身としては、彼の話題が出るだけでつい狼狽《うろた》えてしまうものがある。

そんなミルドレッドの様子に、ギスランはふさふさとした眉をわずかに上げたが、それ以上突っ込みはしなかった。代わりに腕組みをして困ったように溜息を吐く。

『そもそも、どうしても姫様について行くと言ってきかないあれを、儂がついて行くことでどうにか納得させたのですから……』

『そ、そう……』

ミルドレッドは何と言っていいか分からず、曖昧《あいまい》な相槌を打つことしかできなかった。

ライアンは今年王立騎士団の団長に就任したばかりで、就任早々職務放棄するというのはあまりに無責任な話だろう。当然この先の出世にも響いてくる。

そもそもミルドレッドに付いてエヴラールに来てしまえば、出世から遠のくどころか絶望的になる。

（ライアンの忠誠心はありがたいけれど……）

ミルドレッドには、愛する人の人生を台無しにしてまで、自分と共にあってほしいと言う勇気がない。

ライアンのように、若く、将来有望な人物であれば、なおさらだ。

ギスランは諾《だく》と言えずにいるミルドレッドの手を取ると、優しく握り締めてくれた。

大きな手は、硬く、乾いていて、温かかった。

『姫様。儂はもう、王都では様々なことをやり尽くした。敵をなぎ倒すことで名声を得、武官として最高の地位である総司令官の位をいただき、娘は王妃になった。息子は宰相となり、我が家は儂の手を離れて子どもたちの手で舵取りがされている。退屈と面倒だけが鬱積《うっせき》するこの王都には、もう何の心配も、楽しみもないのです。どうか、この老い先短い爺に、最後の冒険をさせてはくれませんか？』

白い眉毛の下の金の瞳が、ミルドレッドを包み込むように見つめている。ぶわ、と泣き出したい衝動が込み上げてきて、ミルドレッドは俯いた。いつだって、この温かさに支えられてきた。

父に無視され、母には忌み嫌われて、のばした手はいつも行き場を失った。

なぜなんだろう、どうしてなんだろう、と考えるミルドレッドを、抱き上げてくれた逞しい腕。涙目で見上げれば、いつもそこには金色のこの優しい眼差しがあったのだ。

曽祖父であるギスランは、ずっと傍にいてくれた。そしてミルドレッドの周囲に、セリーズやライアンを置いてくれた。両親に与えられない愛と温かさを、皆で代わりに与えてくれた。だからミルドレッドは明るく、元気に生きてこられたのだ。

じわりと眦が熱くなり、浮かぶ涙を懸命に散らしながら、ミルドレッドは首を振った。

『だめよ、ギスラン。……そんなふうに、甘やかされたら……私は、また、その手を取ってしまうわ……』

涙の絡む頼りない声に、ギスランは笑った。

ポン、と大きな手が頭に乗って、ぐしゃぐしゃとミルクティ色の髪を掻き回される。

『この老いぼれでよろしければ、存分に甘えてくだされ。姫様に頼られるという栄誉をいまだ与えられるのであれば、これ以上の喜びはありません』

顔を上げれば、とうとう涙がぼろぼろと零れ落ちた。

ギスランはその雫を、大きな掌でごしごしと擦って拭《ぬぐ》う。

『さあ、泣いている場合ではありませんぞ。この爺を、新しい冒険に連れて行ってくれるのでしょう？』

おどけて差し伸べられた手に、ミルドレッドは自分の手を重ねた。

こうして、エヴラールにギスランを伴うことになったのだ。

凋落《ちょうらく》を冒険だと表現するこの曽祖父の存在があるからこそ、ミルドレッドは前向きになれた。王宮に自分の居場所はなかった。ならば、この地に自分の居場所を作ればいい。

そう思えるようになったのだ。

元王国軍総司令官であるギスランの名声は、ここ辺境にも届いていて、伝説とも言われる『常勝の悪魔』が傍にいることで、国境警備軍の軍人らはミルドレッドを抑圧できずにいる。つまりは虎の威《い》を借る狐というわけだ。

だからといって、それを恥じていては何もできないのが現状だから、ミルドレッドはこの先も大いに威を借りていくつもりである。

軍部はともかく、こうして民と触れ合うことで、ミルドレッドが領主であることは認知されつつあり、エヴラール開発も少しずつではあるが進んでいる。

現在はまだ軍部とは関係のないところでの開発事業なので横槍《よこやり》は入っていないが、この先には軍部の改革も視野に入れている。そうなれば反発、そして衝突は不可避だろう。

その前に、味方を少しでも多く作っておかなくてはならない。民はその筆頭である。

民意を味方にするには、領主としての実績が必要だ。そのために、ほそぼそとではあるが、学校や病院の建設など福祉の充実に努めているのだ。

「ミル様！　俺、赤いのがいい！」

「あたしも！」

「僕は黄色！」

水飴の屋台の前で大騒ぎする子どもたちに微笑みながら、売り子に渡すコインをポケットから出そうとした時、野太い声がかかった。

「これはこれは、ミルドレッド殿下！　こんなところでお会いできるとは、奇遇ですなぁ！」

耳障りな声にそちらを見遣れば、市場には不似合いな厳めしい軍服を着込んだ男たちが数人、ニヤニヤと笑いながらこちらへ歩いてきていた。

「……マイケル副将軍……」

ミルドレッドは溜息と共にその名を吐き出した。国境警備軍副将軍のマイケル・オットーだった。腰巾着たちを両脇に従え、分かりやすく周囲を威嚇《いかく》する足取りだ。

その『周囲』に入る筆頭が自分であることは分かっているが、どうにも分かりやすすぎて失笑が込み上げてしまう。失笑であるのが相手にバレないよう、細心の注意を払って微笑みに変え、ミルドレッドは小首を傾げた。

「こんにちは、副将軍。あなたも市場見学？」

軍人たちに怯える子どもたちを背に庇いながら問いかけると、副将軍は目を見開いて唐突に呵々大笑《かかたいしょう》する。

「はっはっは！　市場見学ですと!?　ご冗談を！　我々は国境を守る警備軍！　市場を見学している暇などありはしません！　これから国境の砦へ参り、部下どもに稽古をつけてくるところですよ！」

大声で喚くように言いながら、両隣の部下たちに意味ありげな目配せをして、また皆で声を合わせて大笑いをする。まるで寸劇でもやっているかのようなわざとらしさに、転んだふりをしてその鼻の下のちょび髭《ひげ》にネバネバの水飴をぶつけてやりたい衝動に駆られたが、実際にやるわけにはいかない。

（きっと失笑どころか笑いが止まらなくなって、わざとだってすぐにバレてしまうわね）

微笑みを作る頬の筋肉に気合を入れ直した時、マイケル副将軍が言った。

「我々がちゃあんとこうして、殿下の代わりに国境をお守りしておりますからな！　殿下は女子どもと水飴でもなんでも、ご堪能してくだされ！」

ビキ、と笑顔が凍りついた。要するに、この脳筋ちょび髭どもは、お飾り領主ミルドレッドに、余計なことをせずおとなしく飴でも舐めてろと言いに来たわけである。

国境警備軍の幹部連中が、ミルドレッドが辺境の政策に口を出してくることを良く思っていないことは分かっている。これまでのエヴラール辺境伯がまったくやる気のないお飾りそのものであったことから、この地の政治はほぼエヴラール国境警備軍副将軍によって担われてきた。そこに新たに赴任してきた元王族が、小娘だっただけでなく、何を勘違いしたのか、政治にまで口を出し始めたのだから、面白くないのは当たり前だろう。

だが、だからといってハイそうですかと引き下がるわけにはいかない。ミルドレッドには目標があり、このエヴラールには改善すべきことが山のようにあるのだから。

ミルドレッドは細い顎を上げて笑んだまま目を眇め、副将軍を見た。

小娘であるミルドレッドの険《けん》のある眼差しに、男たちは笑いを収めて苦い顔になった。今にも舌打ちでもしそうな顔ではあるが、かろうじてしないでいるのは、ミルドレッドの背後に立つギスランの殺気を感じ取っているからか。振り返りはしないが、ギスランの周囲の空気が凍てついていているだろうことは予想できる。

「マイケル副将軍、私は既に臣籍降下した身だ。『殿下』ではない」

ミルドレッドは敢えて王族らしい傲岸《ごうがん》な言葉遣いを選んだ。普段使い慣れていない物いではあるが、自分の母を手本にすればいいのだから簡単だ。

この爺ども相手に下手《したて》に出ていても状況は一向に変わらない。

（……国境警備軍はこの国の『番犬』とも呼ばれるけれど、主を主とも思わなくなった犬なら、野犬と同じ。誰が主人であるのかを、叩き込み直さないと）

小娘とばかにするのなら、認めさせる必要がある。脳筋軍人相手に『不言実行』は効果が薄い。見るからに、頭で考えるより先に拳が出るタイプだ。沈黙よりも雄弁が印象に残るはず。

ならば、まずは脳髄《のうずい》を揺さぶるほどの言葉で誰が主か示していかなくてはならない。

ミルドレッドの王族然とした態度と口調に、男たちは若干狼狽えたように目を泳がせた。

それを『懐かしい』とミルドレッドは妙な感慨を持って受け止める。王宮ではいつもこの手の眼差しに晒されてきた。あからさまに蔑《さげす》んだ目を向けてくるくせに、ミルドレッドの傍にギスランの姿を見つけると、すぐさま媚びた表情に変わったものだ。

弱い者には強く出るが、強い者には諂《へつら》う類の人間だ。

「私のことは『殿下』ではなく『将軍』もしくは『辺境伯』と呼ぶように。以前にも同じ指摘をしたはずだが……？」

ちょび髭が敢えて『殿下』呼びを続けていたことは明白だ。自分の直属の上司としての呼称など死んでも口にしたくないのだろう。

ミルドレッドの言葉に沈黙する副将軍に、ふ、と憐れむように吐息を零し、囁いた。

「耄碌《もうろく》したか？」

「なっ……！」

「数日前のことを記憶に留められないようであれば、耄碌を疑われてもおかしくないわ。ねえ、ギスラン。お前はどう思う？」

副将軍が顔を真っ赤にして怒り始めたので、虎の威を借るためにギスランに話を振る。

ギスランは白い眉を大きく上げると、面白くもなさげに頷いた。

「いかにもですな。上官の命を忘れるようでは軍人として致命的。どうだ、なんなら儂がお前の代わりを務めても構わんが？　なに、気にするな。儂も一応王国軍の総司令官を務めたことがある。国境警備軍の副将軍も同じ軍職。そう内容は変わらぬだろうからな」

ギスランの冗談にならない冗談に、副将軍はさすがに顔を蒼褪《あおざ》めさせる。『常勝の悪魔』が国境警備軍の副将軍に収まると自ら王に進言すれば、間違いなく話が通る。なにしろ、国外にもその異名が知れ渡るほどの強さを誇った武人である。国境警備軍に彼が存在するというだけで、これ以上はない守護になるだろう。

「こ、これは、大変失礼致しました、……辺境伯様……」

悔しげに絞り出した敬称が『将軍』ではない辺り、ちょび髭の大いなる葛藤が窺える。

ミルドレッドはにっこりと微笑んだ。

「いいのよ。以後気をつけて」

軍人らが忌々しそうに歯噛みしながら踵《きびす》を返したので、ミルドレッドは「あ、ちょっと待って！」と引き留めた。

「今日は三か月に一度の市場の日よ。このエヴラールが賑わっているのも、彼ら領民たちがよく働いてくれているから。そしてこのエヴラールの未来を担う子どもたちが元気でいるのも、領民の活力のおかげ！　この地の豊かさと未来の発展を願うなら、経済を回すためにあなたたちもこの市場で少しくらいお金を落としなさい。ほら、かわいい子どもたちが水飴を欲しがっているわよ！」

隠れている子どもたちを示せば、ちょび髭はぐっと口をへの字にした。

子どもたちが怯えながらも、期待を込めて副将軍を見つめている。

ミルドレッドは内心ニヤニヤとこの状況を見守った。生意気な小娘の言う通りになどしたくはないが、ここでお金を出さなければ、領民たちに陰で「ドケチ」扱いされ、両脇の腰巾着にも「小銭も出さない」と思われるわけである。

結果、ちょび髭副将軍は苦虫を噛み潰したような顔で、懐から金貨を出して水飴の売り子に手渡した。硬貨の色に、子どもたちが歓声を上げている。それはそうだろう。一人が十本食べてもまだまだお釣りがくる金額だ。

(なかなか気前がいいじゃないの)

心の中で感心して、ミルドレッドは副将軍に手を振った。

「ありがとう、マイケル副将軍。あなたが副将軍でいてくれてとっても頼もしいわ。これからもよろしくね」

満面の笑みで労《ねぎら》えば、余計に気に障ったのか、口の端を更に引き下げて「ふん!」と鼻息を鳴らして立ち去って行った。少々やりすぎたかな、と思ったが、これで「ミルドレッドが副将軍に言うことを聞かせた」という事実が出来上がった。

「まず、階段を一段上がったってところかしら」

肩を竦めると、ギスランがくぐもった笑い声を上げる。

「姫様も、お強くなられた」

その言葉に、ミルドレッドはクスリと苦笑を漏らした。

　王宮にいた頃は、ギスランやセリーズ、そしてライアンに守られてばかりだった。だから強くならなければいけないと思ったのは確かだ。それでも意外なことに、王宮を離れて王女ではなくなった途端、今までにないほど楽に言葉が出てくるし、行動できるようになった。

「王宮にいた時よりずっと楽に動けるのよ。どうしてかしら」

　これまでだったら、あんな強面の軍人相手に丁々発止《ちょうちょうはっし》のやり取りなどしようとも思わなかった。不思議だな、と自分でも首を傾げていると、ギスランが愉快そうに笑い声を上げる。

「姫様は、ご自分が思われるよりずっと気がお強くていらっしゃるのですよ」

「えっ？　そうなの？」

　驚いて聞き返したところで、「ミルドレッド様」と声をかけられる。

　振り向けば、水飴の売り子がこちらにおずおずと顔を向けていた。

「あの、お釣りはどうしましょう？」

「ああ、取っておけばいいわ。副将軍から、日頃頑張っているあなたたちへのお礼だと思えばいいのよ」

「ありがとうございます！」

「お礼はマイケル副将軍にね」

そもそもちょび髭のお金である。ミルドレッドの言葉に、娘はニコニコして頷いた。副将軍はしてやられた感が拭えないだろうが、これで少しは領民から良い印象を持たれるようになるのだから、結果的には彼のためにもなっているのだ。

「ミル様！　水飴があの軍人さんからだったら、ミル様はこれを買ってよ！」

水飴を舐めながら焼き菓子を指さす少年に、ミルドレッドとギスランは顔を見合わせてブッと噴き出した。子どもはしたたかである。

「仕方ないわね」

笑いながら胸のポケットから硬貨を取り出せば、また歓声が沸き起こった。

「わーい！」

「やったぜ！」

「こら！　あんたたち、ミル様がお優しいからって、調子に乗ってるんじゃないよ！」

どやしつけられた子どもたちは、けれど売り子の怒鳴り声など屁でもない。肩を竦めて「へーい」と気のない返事をしている。油紙に包んだ焼き菓子を受け取ると、子どもたちは「ミル様、爺様、ありがとう！」とお礼を言って駆けて行ってしまった。

「ゲンキンなものだな！」

はっはっは、と豪快に笑うギスランに、ミルドレッドも笑いながらその元気な後ろ姿を見送った。

（願わくば、あの子らに、少しでも豊かで充実した未来を……）

結婚を禁じられた自分には、もう持つことが許されない、小さな命たち。

（あの子たちが、私の子どもだ）

ミルドレッドは目を細める。

ライアンとの最後の夜、もしかしたらと思っていた。この身に宿ってくれるなら、結婚はできなくとも、愛する人の子をこっそり育てられるかもしれないと、身勝手な期待を抱いた。

だがそんな利己的な者を母親に選ぶ命などなかったのだろう。いつも通り月のものがあった時、ミルドレッドはそんな自嘲を零した。

（ライアン……）

愛しい男を想い、ミルドレッドは瞼を閉じる。

どうしているだろうか。元気だろうか。

乳兄弟として育った二人は、思えばこんなにも長い間離れたことはなかった。彼と離れてからというもの、心の半分が欠けたような、そんな虚ろをいつも抱えている。

会いたいと思うことは自由だ。でもそれを口に出してはいけない。

ミルドレッドは瞼を閉じることで、願望が飛び出してしまわないように戒めるのだ。

「姫様」

ギスランの促すような呼びかけに目を開き、振り返ったミルドレッドは、次の瞬間度肝を抜かれることになる。

「ミル様！」

艶やかな美声で名を叫ばれ、ドン、と何かに突撃された。

(……え……!?)

汗と埃と、よく知った男の匂いがした。

頭の中に、あの夜の記憶が一気に蘇る。この匂いに包まれて、抱き合ったあの夜を。

広い胸の中に抱き締められていることに気がついたのは、ギスランの呻くような舌打ちと共に、自分を抱き締めている男が頭を叩かれる衝撃が伝わってきた時だ。

「往来で何をやっておるか、このばか者が！　姫様を放せ、ライアン！」

(ラ、ライアン……!?　本物!?)

王都を発って一年、幾度となく想い起こしたその存在がここにいるのが現実とは思えず、ミルドレッドは目を瞬く。だが何度瞬きしても、見えるのは至近距離の上着の前身ごろだけ。ぴったりと身体が密着するほど強く抱き竦められているので当たり前だ。

とりあえず、とその胸板に手を置いて、ぐいーっと引き離してみようとするも、ミルドレッドの背中と腰に回った頑強な腕はまったく緩む様子がない。

なんだこれ、拷問用の拘束具か、と訝しんでいると、ギスランの鉄拳がもう一発炸裂《さくれつ》した。

　バギ、と拳で殴られる音がして、ようやく拘束が緩む。

　慌てて腕を突っ張って顔を上げれば、殴られた衝撃で首を傾けたライアンが、眉間に皺を寄せながらもこちらを見下ろしていた。

「ああ、ミル様、お会いしたかった……！」

「ラ、ライアン……」

　本当にライアンだ、などと妙な感想を抱きながら、ミルドレッドは半ば呆けてその秀麗な顔を見つめた。

　一年会わなかったが、ライアンは全然変わったところがない。短い黒髪も、精悍な輪郭も、作り物のように整った美貌も、何もかもが別れたあの夜と同じだ。

　蕩けるような金の眼差しでこちらを見下ろすライアンは、屈強な体軀を折り曲げるようにして跪《ひざまず》くと、ミルドレッドの手を取ってその指先に口づける。

「長らくお傍を離れましたこと、どうかご容赦くださいませ。ライアン・アンドリュー・タイラー、ただいま戻りました」

　キラキラしい満面の笑みを向けられて、ミルドレッドは思わず呟いた。

「よ……呼んで、ないわ！」

　もう会うことはないだろうと、決死の思いで別れを告げたのだ。

だからこそ、あの夜、あれほど大胆な行動に出られた。

会えないからこそ募らせていた恋心は、いざ当人を目の前にすると、兄妹同然に育ったせいもあり、無性に恥ずかしさが込み上げてきてしまって、素直に表すことができなかった。

ミルドレッドの返事に、ライアンは一瞬衝撃を受けたかのように哀しげな顔をしたが、すぐに立ち直って笑顔を見せた。

「呼ばれずとも馳せ参じるのが、忠実なる臣下というものです」

晴れやかな笑顔を見つめ、ミルドレッドは額を押さえて深い溜息を吐いた。

「……ライアン。あなたを辺境に縛り付けるつもりはないの。私はあなたに、王都でやり甲斐のある仕事をしてほしい」

嘘ではない。これはミルドレッドの願いの一つだ。もう一つの願いが、その真逆の内容だというだけで。

ライアンの金の瞳から目を逸らせば、取られている方の手をぎゅっと握られた。

「ミル様のお傍に侍ること以外に、やり甲斐のあることなどありません」

「……私の傍にいても、何も与えられないわ」

頑なに拒むミルドレッドに、ライアンが言った。

「……俺を捨てるのですか」

その危うい台詞に、ミルドレッドはギョッとした。

まるで自分がライアンを弄んだ悪女のようではないか。

「ちょっ……！　何を……」

「俺は十四年前のあの日、あなたを自分の主だと定めました。あなたも、俺の忠誠の誓いを受け入れてくれたはずです」

「そ、それは……」

十四年前、と言われ、ミルドレッドは口ごもった。

十四年前と言えば二人が五歳の時で、ライアンが初めて彼女に臣下の誓いを立てた時だ。

乳兄弟とはいえ、ライアンは最初からミルドレッドの従者だったわけではない。

どちらもまだ幼く、周囲が口やかましく言う身分の差などよく分からなくて、文字通り本物の兄妹のように、どちらが上とか下とかないような関係だった。

そんな中、ミルドレッドがライアンを庇って背中に大火傷を負う事件が起こったのだ。

ミルドレッドはそのせいで三日三晩、発熱と痛みにうなされた。半分意識のない中、ライアンが泣きながら傍にいてくれたことだけは覚えている。ようやく意識がはっきりした一週間後、ベッドでうつ伏せのままのミルドレッドの手を取って、ライアンが誓ったのだ。

『我、ライアン・アンドリュー・タイラーは、今この時よりミルドレッド・エレイン・ルーヴァン・ナダルを主とし、永遠の愛と忠誠を誓います』

ライアンの金の瞳に、もう涙はなかった。

『ぼくが、必ずあなたを守ります。もう二度と、誰にも傷つけさせない……！』

五歳の子どもにとって、家族同然に育った者が自分を庇い、生死の境を彷徨《さまよ》ったという事実は、よほど心に堪えたのだろう。

ライアンはあの時から、ミルドレッドに絶対服従するようになったのだ。

ライアンは祖父ギスランの英才教育によって、五歳にしてはずいぶんと大人びて、優秀な子どもだった。対するミルドレッドは、両親から冷遇されていたことを憐れんだ周囲に甘やかされ、のほほんとしたおぼつかない子どもで、ライアンの言っていることがよく理解できていなかった。だから、素直にこくりと頷いて「わかったわ」と返事をした。

今思えば、何も分かっていなかった。

ライアンが幼い高潔さゆえの罪悪感から、自分などに忠誠を誓うことの愚かさを。

そして、それを受け入れてしまう己の罪深さを。

ライアンほどの能力と血筋があれば、どんな未来でも望めるだろう。

ミルドレッドのような、王から見放されたできそこないの王女の傍にいて将来を無駄にするなど、愚の骨頂《こっちょう》というものだ。

それなのに、大人になりそれを理解してからも、ミルドレッドはライアンを手放さなかった。ライアンが好きだったからだ。自分の傍にいてほしかった。出来損ないでも王女であれば、ライアンの出世が望めないわけではない。そう言い訳をして。

だが、エヴラールに追いやられてしまった以上、それは叶わない。

だからあの夜を最後だと決めたのだ。

「ライアン……どうして分かってくれないの？　王女でない私では、もうあなたのためにはならないのよ」

「俺のため？」

ミルドレッドの言葉に、ライアンの形の良い眉が寄った。

「俺のためとはどういう意味ですか？」

「だって、辺境伯となってしまった私では、あなたに相応しい地位を与えてあげられない。あなたはもっともっと上に行ける人間よ。それこそ、総司令官にだって、宰相にだってなれる」

実際にライアンの父であるロイは宰相であるし、祖父であるギスランは元総司令官だ。血筋のみならず、その有能さでも他を圧倒するライアンが望めば、将来は欲しいままだ。

自分の意見は正しいはずだ。少なくとも、多くの貴族や王族がそう思っている。

それなのに、ミルドレッドの耳に届いたのは、ハッという嘲笑だった。

「相応しい？　それは誰にとって相応しいというのですか？」

「え……、そ、それは……」

皆そう思っている、などと答えそうになって、ミルドレッドは慌てて押し留める。あまりに子どもっぽい答えだろう。

どう言おうかと思案していると、ライアンがすっくと立ち上がった。大柄な彼が立ち上がると非常に迫力がある。小柄なミルドレッドはすっかり彼の陰になり、その顔を見上げるために背を仰け反らせる。ライアンは身を屈めるようにして、ずいと顔を寄せてきた。

獲物を捉えた狼のように鋭い瞳で見据えられ、ミルドレッドはたじたじになってしまう。

「ミル様、俺は自分のことは自分で決められます」

「そ、そうね……」

知っている。ライアンは決断力がある。子どもの頃から、何かを選ぶ際に躊躇《ちゅうちょ》するのを見たことがない。ミルドレッドはどちらのお菓子を取るかでうんうんと悩んでしまうというのに。なぜそんなに簡単に決められるのかと訊ねてみたら、逆になぜ決められないのか不思議だと首を傾げられた。七歳の時のことである。

(これはマズイ展開だわ……)

この後の会話の展開がもう見えてしまって、臍を噛む。

「俺の生き甲斐は俺が決めます。俺に何が相応しいかも」

ホラ来た、と思い、はあ、と溜息を吐いた。

「そう言うと思った。でもダメ。王都に帰りなさい」

「イヤです」

即座に返されてミルドレッドは目を剝《む》いた。

ライアンが自分に真っ向から反抗したのは初めてだった。

「何言ってるの。ダメったらダメ！　帰りなさい！」

「イヤです」

「なっ……!?　私の下僕なんでしょう！　だったら私の言うことを聞きなさい！」

一度ならず二度までも反抗されて、ミルドレッドはカッとなって人差し指を突き出して言い放つ。そのひと言に、ライアンの顔がニタリと歪んだ。

「そうです。俺はミル様の下僕です。下僕は主のお傍に侍るもの。決して離れてはいけない。もし離れることがあるとすれば、俺がミル様の下僕ではなくなる時です。ですがそうなれば主ではないミル様に従う理由はないので、王都へは帰りません」

にっこりと麗しい微笑みで繰り出された屁理屈に、ミルドレッドは額を押さえた。

頭痛がする。

「……それって、下僕であろうがなかろうが、帰らないってことじゃない……」

「ご理解いただけたようでなによりです」

満足そうに頷くそのしたり顔が癪《しゃく》に障り、何か言ってやろうと口を開いたミルドレッドを、それまで沈黙を保っていたギスランの声が止めた。

「姫様、ひとまず城へ……人目もございますゆえ」

言われてようやく、ミルドレッドは、ここが人がたくさんいる市場のど真ん中だったことを思い出す。女領主が、突如現れた見目麗しい若い騎士と言い争いをする様子は否が応でも目に付いたのだろう。自分たちの数歩先に人だかりができていて、興味津々でこちらを見守っている。まるで痴話喧嘩《ちわげんか》を人に見られていたような気分になって、ミルドレッドは赤面して踵を返す。

「と、とにかく！　話は城に帰ってからよ！」

言い捨てると、その場から逃げるようにして離れたのだった。

もちろん、彼女の下僕は満面の笑みで主人の後について行ったのは、言うまでもない。

＊＊＊

城に帰ってからも、主従間で両者引かない攻防戦が繰り広げられたのだが、それを終わらせたのは、やはりギスランだった。

「正直なところ、頼りないひよっこではありますが、こやつがいてくれた方が儂もありがたいと思っております」

てっきりギスランはこちらに加勢してくれるだろうと思っていたミルドレッドは、仰天して白髭を蓄えた顔を見た。

ミルドレッドの情けない表情を見たギスランは、困ったように眉を下げて苦笑いを零す。

「申し訳ありませんな、姫様。実を言うと、儂も寄る年波には勝てないようで……。最近どうも腰が痛くて……」

「こ、腰……」

どっこいしょ、と小さく呟いて、応接室のソファの上で前屈みになり腰を擦る姿にドキリとした。いつまでも若々しく頼もしげなギスランだが、今年でもう七十六歳になる。普通ならとっくに引退していてもおかしくない年齢だ。

それなのに、いつまでも情けない曾孫のために、豊かで快適な隠居生活を棒に振って、この辺境くんだりまでついてきてくれたのだ。老体に鞭《むち》打たせている自覚があるので、ギスランから直接そんなふうに言われたら、ミルドレッドには反論の余地など皆無だ。

「不肖の孫息子ですが、多少は役に立つと思うのです。どうかお傍に置いてやってはくれませんかな」

大恩ある曽祖父に頭を下げられ、ミルドレッドは慌てて「やめてちょうだい！」と言って頭を上げさせる。

「多少なんて、そんなことないわ。ライアンが有能なのは、誰よりも私が分かっているもの」

だからこそ、こんな辺境になど勿体ないと言っているわけで。困ったな、ということを言いたかったのに、ライアンは「ミル様……！」と頬を染めて目を輝かせているし、ギスランも明るい表情で顔を上げた。

「姫様、では……」

ミルドレッドはグッと言葉に詰まり、はあ、と深い溜息を吐く。

「……ギスランがそう言うなら、私に否やはないわ」

了承の言葉に、ライアンが歓喜の声を上げた。

「ミル様！　ありがとうございます！」

喜色満面で立ち上がり、ミルドレッドの座る一人掛けのソファの前まで来ると、片膝を立てて座る騎士の礼をして、彼女の白い手を恭しく取り口づけた。

本日二回目の忠誠のキスに、感動もへったくれもない。それでも好きなようにさせているのは、そうしなければ耳を垂《た》れた仔犬のような眼で延々と見つめ続けられるのを知っているからだ。かわいい少年がやれば心が痛むかもしれないが、己の二倍以上は目方のありそうな屈強な大男にやられたところでかわいげも何もあったものではない。

その大男が下僕の分際で主を掌で転がす不届き者だと分かっていれば、なおさらである。

ミルドレッドの向ける白い目にも頓着《とんちゃく》せずに、ライアンはご機嫌顔で忠誠を誓っている。

「ああ、ミル様！　我が生涯の愛と忠誠と命を、あなたに捧げます！」

「生涯は要らない……」

思わず口をついて出た心の声に、ライアンは分かりやすくショックを受けた顔をしたが、ギスランは「すみませんなぁ。儂がもう少し若かったらこやつを頼らなくてもよかったのに……」と肩を下げた。

（こうなったら、エヴラールの国造りを早急に推し進めて、完遂《かんすい》してしまおう！）

ミルドレッドは改めて決意する。

エヴラールに必要なのは制度だ。この辺境の地には活力があるのに制度がなく、故に混沌として粗野なままだ。あらゆる制度を作り上げてしまえば、好き勝手に動くだけだった人々の統制が取れ、時間と人と物資の流れが円滑になり、より美しく豊かな地となるだろう。

制度を作り上げてしまえば、ギスランの負担も減るだろうし、ライアンを王都へ帰せる。その頃にはきっと、自分も成長していて、ギスランやライアンの手を借りずとも、この地で独りで立つことができるようになっているかもしれない。

（……いいえ。なってみせる。私は、ならなくてはいけないのよ）

両親に愛されなかった役立たずの王女ミルドレッドは、この辺境の地で女領主ミルドレッドになったのだ。この地で、自分らしく生き抜いていかなくては。

ミルドレッドは自分の手を摑むライアンの手を、ぎゅっと握り返した。

「私の傍にいるというのなら、ライアン、役に立ってもらうわよ。私はこれまでの辺境伯のように、ここで朽ちるつもりはない。私はこのエヴラールを良い地にしたいの。エヴラールは、私の領地なのだから」

　主の宣言に、従者は目を輝かせて頷いた。

「このライアン・アンドリュー・タイラー、必ずやお役に立ってみせます！」

　ミルドレッドはクスリと笑い、次にギスランを見る。

「ギスランも……。老体に鞭を打たせてしまうかもしれないけれど、どうか不肖の曾孫を助けてくださる？　あなたの手が、まだまだ必要なの」

　そう言って手を差し出せば、いつの間にか傍まで歩み寄っていたギスランが、ライアンと同じように膝を折り、その手を取って口づける。

「この爺でお役に立てるのならば、喜んで身を捧げましょう。我が姫君」

　ミルドレッドを見上げる金の瞳は、いつだって優しく、少しだけ憂いを含んでいる。

　そうやってギスランはミルドレッドを憐れんで、甘やかしてくれるのだ。

　幼い頃の怪我に起因する罪悪感からミルドレッドに執着するライアン。

　両親に邪険にされた惨めな曾孫を憐れむギスラン。

　どちらもミルドレッドが他の兄弟たちのようにしっかりしていれば、必要のなかった感情だ。つまり彼らは、不当にミルドレッドに縛り付けられている。

それなのに、この辺境にあってもなお、彼らを手放せない自分に情けなさを覚える。

だが、それを嘆いていても状況は好転しない。ギスランが、ミルドレッドのことが心配で手を差し伸べずにはいられず、ライアンが罪悪感を払拭できないというのなら、心配も憐憫も要らないほど逞しい人間になればいい。寂しい辺境と言われるのなら、寂しくないほど繁栄させればいい。

この地に自分の足で立ち、領主として立派にエヴラールを治めてみせる。

彼らの心配も罪悪感も、必要なくなるくらいまで。

ミルドレッドは両手に二人の手の温かさを感じながら、心の中で誓ったのだった。

＊＊＊

無事にミルドレッドの許可を得て、自室を選べと言われ真っ先に主寝室の隣——すなわちミルドレッドの部屋の隣を選んだライアンは、怒気を孕んだ眼差しを向けていた祖父を無視して、いそいそと荷解きをしていた。といっても、背負える程度の物しか持ってきていない。当面の衣類と剣、そして防具くらいか。必要な物はこちらで揃えればいい。

自分に真に必要なものは、ただ一つ。ミルドレッドのみだ。

第一歩を順調に進められたことに満足しているところに、ノックの音が響く。当然来るだろうと思っていたライアンは、眉を上げただけで、誰かも確認せずに許可の声を出した。

「どうぞ」

返事もなく乱暴にドアが開かれ、入ってきたのは予想通り、厳つい顔を顰め面で更に厳つくさせた祖父だった。

「爺様、どうなさいました？」

「どうしたもこうしたもあるかこのクソ坊主！　なぜミル様の隣室にお前が収まっておるのだ！」

これまた予想通りの発言に、ライアンはにっこりと笑みを返す。

「襲撃があった際に、すぐに駆け付けられる距離にいるのが当然かと」

「お前が狼藉者《ろうぜき》の筆頭だろうが！」

唾を飛ばさんばかりの祖父の指摘に、ライアンは「心外な」と呟いて肩を竦める。

そんな孫息子に、ギスランは苦虫を噛み潰したような顔を向けると、つかつかと歩み寄った。目の前まで迫ったかと思うと、いきなりドスッと人差し指でライアンの胸を突きさしてくる。地味な攻撃だが、馬鹿力な上に、人体構造を知り尽くした手練れの軍人爺がすると、地味どころではなく痛い。

この爺《じじい》、と内心雑言《ぞうごん》を吐きながらも、ライアンは人の好い笑みを保った。ギスランは孫息子の得体の知れぬ笑みに眉間の皺を深くしながら、眼光鋭く唸り声を出す。

「いいか、忠告しておくぞ。姫様に無体な真似をしてみろ。この儂がお前を犬の餌《えさ》にしてくれる！」

ライアンは祖父の忠告を鼻で笑った。

「俺はミル様の犬です。主に無体などとんでもない。最初とて、ミル様が欲してくださらなければ指一本触れるつもりはありませんでしたとも」

ライアンの台詞に、ギスランはサーッと顔色を蒼褪めさせていく。

「ありませんでした、って……お前、まさか……」

口をノロノロと動かして確認しようとしている内容を理解し、ライアンは殊更嫣然《えんぜん》と微笑んでみせた。予想くらいはしていたに違いないが、ミルドレッドとライアンが一線を越えたことを信じたくない気持ちの方が強かったのだろう。

(天秤《てんびん》をどちらに傾けるつもりなのか)

血の繋がった祖父であり、自分の師である目の前の老人が、誰に忠誠を誓っているのか。本当のところ、ライアンも見極めきれないでいる。だが、情の深い人であることは確かだ。

「我が主の望みでありましたゆえ」

「……!!　……!!」

その応答に、ギスランが今にも白目を剝きそうになっているが、知ったことではない。スルリと祖父の拳の射程圏内《しゃていけんない》から逃れると、フンと鼻を鳴らした。

「俺はミル様のために生きています。ミル様の幸福のために全力を尽くし、不幸になることは全て排除すると決めています」

ライアンの台詞に、ギスランはハッとした顔になる。

その顔を睨《にら》みつけるようにしてライアンは言った。

「俺はミル様と約束をしたんです。大きくなったら、結婚すると。俺がミル様の『だんなさま』になって、ミル様が俺の『およめさん』になるのだと。あの時幸せそうに笑ったミル様の顔が、今も目に焼きついて離れません。俺がミル様を幸せにするのだと、ずっと決めていたのです」

「ライアン……」

孫息子がこれまで血の滲むような努力をしてきたことを知っているギスランは、気の毒そうに眉を下げる。

「俺が鬼爺の過酷な訓練に耐えてきたのも、煩わしいだけの騎士団長という職に就いたのも、全てはミル様がご降嫁されるに相応しい地位と名誉を得るためです」

口にして説明したのはわざとだ。爺に対する嫌味である。

「ライアン、気持ちは分かるが、ミル様は既にエヴラール辺境伯になってしまわれた。結婚は、できない」

宥めにかかってきたギスランに、ライアンは小さく吐息を零した。自分でも分かっている。これは八つ当たりだ。ギスランに文句を言ったところで、現実は何も変わらない。

だがライアンは、そうではない、と首を振って現実を一蹴《いっしゅう》する。

(変わらない？　変える気がない、の間違いだろう)

本気で何かを得ようとするならば、方法はいくらでもあるのだから。

「──変わらないというなら、変えるだけだ」

笑みを含んだ呟きは、幸いにして祖父の耳には入らなかったようだ。

「とにかく、俺はミル様を幸せにするためにここにいます。爺様の忠告はお門違いです」

片手を払って言い切れば、ギスランはムッと口を引き結んだものの、それ以上何かを言うことはなかった。

ミルドレッドはギスランにとってもかわいい曾孫だ。結婚という、本来ならば得られるはずの権利を奪われた彼女が、ライアンに手をのばすことを止める気まではないようだ。

──そう、権利だ、とライアンは独り言《ご》つ。

彼女に与えられるべき全ての権利を、あの白い手の中に取り戻すのだ。今彼女をがんじがらめにしている全ての理不尽を、この手で薙《な》ぎ払ってやる。自由を得て、花が綻ぶような微笑みを浮かべる彼女を、この腕の中に抱きとめるために。

(この俺が、あなたに自由を差し上げる、ミル様)

部屋を後にする祖父の後ろ姿を見送りながら、ライアンは心の中で誓ったのだった。

＊＊＊

結局ライアンは、以前と同じミルドレッドの護衛騎士として傍に侍ることとなった。エヴラール城の使用人は、ミルドレッドが入城した際にギスランによって一新されている。その主要メンバーはミルドレッドが王城で世話になっていた者たちで、当然ライアンとも面識があるため、唐突に現れた彼でも違和感なく受け入れられた。

その日の内にミルドレッドの主寝室の隣を陣取ったライアンは、ご機嫌でミルドレッドの世話を焼いていた。しまいには湯浴《ゆあ》みの介助までしようとするので、慌てて部屋から追い出したのはつい先ほどだ。

侍女の手を借りて湯浴みを終えたミルドレッドは、ふと思い立って自室を出た。髪は侍女が布で丁寧に拭いてくれたおかげで、もうほとんど乾いているし、涼しい辺境の地であるとはいえ、夏場なので風邪を引くこともないだろう。

古く広い夜の城は暗く静かで、自分の呼吸音ですら回廊に響くようだ。子どもの頃なら、この重いほどの静けさに怯えただろう。なのに今は不思議なほど怖くなかった。

この地に根差す覚悟ができたからだろうか。

（この城で私は生きていき、そして死ぬの）

そう思うと、あの王城よりはよほど自分の居場所なのだと思える。

なるべく足音を立てずに歩き、目当ての扉を見つけると、ミルドレッドは体重をかけるようにしてそれを押し開いた。ギュイ、と古い木の軋む音がして、それを獣の鳴き声のようだと思い、おかしくて少し笑う。

中に滑り込むと、多くの目がミルドレッドを迎え入れてくれた。

「こんばんは、皆様」

その面々を眺め、ミルドレッドは小さく呟いた。

こうして彼らに挨拶をするのが、この城にやって来てからの彼女の日課だ。眠る前であったり、起きてすぐだったり、時間はまちまちだったが、日に一度は必ずここに来ている。

「ミル様、ここにおられたのですか」

軽いノックの音と共に開かれた扉の方から低い声がかかり、ミルドレッドはゆるりと顔を傾けて後ろを見遣った。ライアンが広間の中に足を踏み入れるところだった。恐らくミルドレッドの部屋に行って彼女がいなかったので、探していたのだろう。

ここは辺境伯の城のボールルームだ。晩餐会《ばんさんかい》なども行う広間で、古く重厚な造りのこの城の中では唯一華やぎのある豪華な内装となっている。

ミルドレッドは「ええ」と曖昧な相槌を返すと、顔を元に戻した。

「何をなさっているのですか？」

広間にぽつんと立ったまま動かないミルドレッドに、歩み寄ってきたライアンが訊ねる。質問に答えずに壁を見上げる彼女の視線を追い、ライアンが答えを見つけて呟いた。

「肖像画ですか」

「……全部、エヴラール辺境伯よ」

目の前には壁にかけられた多くの人物画がある。歴代のエヴラール辺境伯の肖像画だ。

「皆、悲愴な表情をしているわね」

ミルドレッドは自嘲ぎみに口元を歪める。肖像画は、どの顔を見ても、なんだか暗い表情に見える。誇り高き王族であった彼らは、権力から切り離され、妻帯も許されず、失意の内に亡くなっていったのだろうか。

「私の肖像画は、幸せそうに微笑んでいるものにするわ」

ミルドレッドが皮肉交じりに言えば、ライアンは「それがよろしいですね」と生真面目に頷いている。

「ミル様はもちろんどの表情でもお美しいですが、笑顔の輝かしさは天使もかくやとばかりですから」

「……」

恥ずかしくなるほど大袈裟《おおげさ》な賛辞に、ミルドレッドは聞き流すことに決めた。けれどライアンは更に滔々《とうとう》と語り続ける。

「そのお美しさと愛らしさ、そして可憐さを描き切る技量のある絵師でなくてはなりませんから、肖像画を描く者も厳選しなくてはなりませんね」

さらりと妙なことを言われ、ミルドレッドは「うーん」と曖昧に唸っておく。その時になったら、ライアンには内緒で話を進めよう。さもなくば面倒な事態に陥るだろう。とりあえず今は話を逸らそうと、ミルドレッドは肖像画の一枚を指さした。

「見て、ライアン。あれが私の叔父様よ」

それは父の双子の弟である先々代の辺境伯だ。辺境伯の任に就いて一年も経たずに亡くなったという悲劇の人。辺境伯は皆王族出身であるため父と似たところがあるような気がするが、中でも目や鼻といったパーツがまったく同じなのは、父王と双子の弟であったからだろう。

「でもこんなにもお父様と同じパーツなのに、叔父様はお父様とあまり似ていないの。不思議ね」

父はエラが張った男性的な輪郭だが、叔父は女性のように優美な輪郭だ。しかし違いはそれだけで、眉や目の形や、すっとした鼻筋、唇はそっくり同じである。

それなのに、厳めしく大柄な父と優しげでほっそりとした叔父とでは、印象が真逆なのだ。

「叔父様って、こんなに優しそうな方だったのね。一度くらいお会いしてみたかったわ。とはいえ、叔父様が亡くなられたのは私が生まれたばかりの頃だから、無理があるけれど」

ミルドレッドは一歩踏み出し、叔父の肖像画に手をのばす。絵を傷めるので触れはしないが、その上に手をかざして描かれた輪郭の上をそっと滑らせた。

「薄い茶色の髪に、ハシバミ色の瞳……どちらもお父様と同じ色だわ」

「ミル様とも同じですね」

ミルドレッドは「そうね」と肩を竦める。

「王家ではよくある組み合わせみたいだから。でもどうせならこんな平凡な色じゃなく、シャルルお兄様のような美しい銀髪や青い瞳に生まれたかったわ」

「……王太子殿下は、母君に似られたようですから」

シャルルの話をする時、決まってライアンは不機嫌そうな顔になる。昔から妙にミルドレッドの兄に対抗心を抱いているようで、本人を前にしてもつっけんどんな態度を取るから、こちらはヒヤヒヤである。いくら宰相の息子にして猛将ギスランの孫息子であるライアンでも、この国で王に次ぐ立場にある王太子とでは勝負は端から見えていると思うのだが。

長兄シャルルは、文武において優秀すぎる、完璧と名高い王太子だ。

（その上、美貌まで兼ね備えていらっしゃるから、ずるいわよね）

賢王と称される父、苛烈《かれつ》な性格だが女神のごとき美貌の母。彼らの美点ばかりをそっくり受け継いだのが、王太子シャルルというわけだ。

月の光のような銀髪とサファイアにたとえられる青い瞳は母譲りだ。

父王とそっくりな容姿を持って生まれてきたミルドレッドにとって、兄王子は羨望《せんぼう》の対象なのだが、羨んだところでその美貌が手に入るわけではない。分かってはいるのだが、何においても平凡に生まれてしまった身としては、ついつい羨ましいと思ってしまうのである。

「俺はミル様の髪が好きですよ」

不意に耳に注がれた低く艶やかな声音に、ミルドレッドはびっくりして思わず身を竦ませる。気づかない内にすぐ背後にまで寄っていたライアンが、身を屈めるようにしてミルドレッドに囁きかけていた。

そのあまりの近さに心臓がバクンと大きく跳ねた。ミルドレッドの動揺を知ってか知らでか、ライアンは骨張った手でミルドレッドの髪をひと房摘まむ。湯浴みを終えていた彼女は、長い髪を背に梳き下ろしていた。ミルドレッドの許可なく髪に触れるなどという親密な行為を、うんと幼い頃を除けば、これまでライアンはしたことがない。

突然の暴挙とも言える行動に、ミルドレッドは度肝を抜かれて口をパクパクさせた。

「ラ、ライアン……?」

　彼の名を震える声で呟きながら、そういえばこんなふうに親密な触れ合いをしたのだったとあの夜のことを思い出す。あんなことをしでかした後で、今更するなとも言い辛い。なにしろ誘ったのはこちらの方だったのだから。

「ミルクティのようで……柔らかくて、それなのにスルスルしていて、摑もうとしても指の間から抜けてしまう……まるでミル様そのものだ」

　言いながらその髪に口づけ、優しく指を通していく。骨張った彼の指の間を自分の細い髪が零れ落ちていくのを、ミルドレッドは呼吸を止めて見つめた。心臓が破裂しそうだ。

　それから彼は、ミルドレッドの顎を摘まんで仰向かせると、こちらを覗き込んできた。

「それから、この瞳。光の加減で、淡い緑にも、飴色にも変わる不思議な色を見つめるのが、俺の小さい頃からの楽しみでした」

　距離が近すぎて、彼が何か喋るたびに吐息が頬にかかる。

　止めていた息を吐き出しながら、ミルドレッドはぎゅっと目を閉じる。

「そ、そんな話、今まで聞いたことなかったわよ!?」

　ライアンが醸し出す甘すぎる雰囲気に耐えられなくなって、悲鳴のような声を上げれば、しれっと肩を竦められた。

「今初めて言いましたから。ずっと我慢をしてきましたが、ミル様の許可をいただいた以上、もうよろしいかと」

「きょ、許可!?」

自分が何を許可したと言うのだ！　と目を剝けば、ライアンはにっこりと微笑んだ。

「あの夜、ミル様は触れる許可をくださいました」

「……っ！」

確かにあの夜、抱かれる前にライアンから「いいのですか」と訊ねられたことを思い出し、ミルドレッドは口を噤む。あれはそういう意味だったのか。ミルドレッドはあの夜が最後だと思っていたので、彼が何を訊いてきても承諾したような気がする。

だが、これで先ほどからのライアンの急な変化の理由が分かった。彼はあの夜ミルドレッドを抱いたことで、いつでもミルドレッドに触れる許しを得たのだと思っているのだ。

(これはマズイわ……)

ミルドレッドはいずれライアンを王都へ帰すつもりでいる。ライアンとギスランにここにいてもらうのは、ミルドレッドがエヴラールで領主としての基盤を築くまでの間。できるだけ早く成し遂げたいとは思っているが、その間にこんなふうに彼と触れ合っていれば、別れる時に辛くなるのは目に見えている。

それに——と、ミルドレッドはこっそりと唇を嚙んだ。

(ライアンが私の傍にいようとするのは、罪悪感からだもの)

彼を庇って火傷を負ったあの件がきっかけで、ライアンはミルドレッドに絶対服従するようになった。まだたった五歳の子どもだった。ちょうど雛《ひな》が最初に見たものを親鳥だと認識してしまうのと同じで、まっさらだったライアンの心に、ミルドレッドが主である、と書き込んでしまったのだ。

彼の愛は、恋人に対するものではない。主に対する、絶対服従の愛なのだ。

それは、ミルドレッドが欲しいものとは違う。ミルドレッドは、ライアンに恋をしている。自分と同じ、恋人に抱く愛を、彼に欲するのは間違っているだろうか。

（主に対する絶対服従を、自分の欲しい愛だなんて勘違いをして、ライアンを受け入れてしまってはダメ）

それだけは、間違っていると分かっている。

ライアンの『恋』や『恋人への愛』を奪う権利を、ミルドレッドは持たないのだから。

「ラ、ライアン。私とあなたは主従関係だわ」

近すぎる距離を少しでも離すために一歩前に出てみるが、その分ライアンが歩を進めてくるのでキリがない。だがこのまま押し切られるわけにはいかないので、とうとうスタスタと歩き出したが、その後をピッタリとライアンもつけてくる。

結果、二人は広いボールルームを早歩きして回るという珍妙な事態に陥った。

「そうですね。俺の主人はミル様だけです」

「だったら、主と従者の関係に節度は必要だと思うの！」

ライアンが眉根を寄せる。

「節度？」

「ふ、不適切な関係を持つべきではないわ！」

男女の関係を何と表現すべきか分からず、破れかぶれにそんな言い方をしたミルドレッドに、ライアンの雰囲気が一瞬で凍てつくのが分かった。

シュ、と鼻先を太い腕が横切って、耳の真横でドン、という衝撃音がする。

目の前に腕を突き出され、更には背後にも彼の腕が突き立てられている。進路も塞がれ退路も断たれて、彼の腕の中で蒼褪めたミルドレッドに、低い声が落とされた。

「不適切？」

ひゅ、と息を呑む。これまで彼にこんな不機嫌そうな声を向けられたことがなかったミルドレッドは、恐怖が背筋を駆け上がるのを感じた。

「ミル様は俺のことを不適切だと？」

「あ、あなたのことを不適切だなんて思っていないわ！　でも、私はエヴラール辺境伯になってしまったもの。結婚はできない。だから、あなたを幸せにできない！」

狼狽《ろうばい》のあまり早口で捲し立てたがちゃんと伝わったようで、ライアンが軽く瞠目《どうもく》する。

「俺を幸せに？　ミル様は俺を幸せにしたいから、俺の手を拒むのですか？」

改めて問われて、ミルドレッドは瞬きをした。自分がライアンを拒む理由――頭の中で考えて、言葉にしてみる。

「それは……そうよ。だって、そうでしょう？　私は結婚できない。あなたに相応しい地位も与えてあげられない。こんな辺境の地で優秀なあなたの力を浪費させるなんて、そんな」

「俺は地位など要りません！　どこであろうが、ミル様がいればそれでいい！　ミル様がいない場所など、俺には何もない荒れ地も同然です！」

ミルドレッドが言い終わる前に、ライアンが被せるように言った。いつにない荒々しい口調に次の言葉が出なくなって、彼女は半ば茫然と彼を見上げる。

ライアンは金の目を切なげに細めてこちらを睨んでいた。

「結婚なんかどうでもいい。それどころか、喜びました。これで、ミル様が結婚できなくなった……！　これまでだって、いつミル様が他の男に嫁いでしまうかと戦々恐々としていたのですから。ミル様がしないのなら、俺だって結婚などしない。約束したでしょう？　ミル様は、俺を『だんなさま』にすると仰った！」

ミルドレッドは彼から目が離せなかった。金の眼差しはまるで蜘蛛の糸だ。ミルドレッドを絡め取り動きを封じて、彼から離れられなくしてしまう。

ミルドレッドが動けないのを確認するように、ライアンが白い頬を指の背で辿った。切望の眼差しでこちらを射たまま、形の良い唇が動いて、何か言葉を紡ぎ出そうとする。

咄嗟に怖くなって、ミルドレッドは悲鳴のような声を上げた。

「あなたのそれは、刷り込みでしかないわ！」

「――刷り込み？」

ライアンは怪訝な顔になって、わずかに首を捻《ひね》る。彼の動きが止まったことに安堵しながら、ミルドレッドはコクコクと首を上下させた。

「そ、そうよ。あなたは、私の傍にいすぎて、そんなふうに思ってしまっているだけ。雛鳥の刷り込みと同じよ。あなたには、私じゃなくて――私なんかよりも、あなたに相応しい女性はたくさんいるわ」

言いながら胸が痛んで、ミルドレッドはギュッと瞼を閉じる。

ライアンの傍に自分以外の女性がいる光景など、見たくもない。けれど、それが現実だ。ミルドレッドは彼の『主』でしかなく、結婚を禁じられた『王女失格者』。権力からも遠く、彼に相応しい要素など欠片も持っていないのだから。

ぐ、と苦い想いを呑み込んで、ミルドレッドは目を開いてライアンを睨んだ。

彼との距離を取ろうと、掌で厚い胸板を押す。――重い身体はビクともしないが。

無言の攻防はしばらく続いた。両者が睨み合ったまま身動《みじろ》ぎもしない膠着《こうちゃく》状態を破ったのは、ライアンの方だった。目の前の美丈夫は爆弾発言をした。

「ミル様に俺の童貞を捧げました」

「どっ!?」

(――童貞だったの!?)

危うい言葉もさることながら、初めて知ったその事実にも驚愕する。乳兄弟として、生まれた時から一緒にいるが、ライアンが士官学校に通っていたことから、離れていた時期もあるのだ。卒業して帰ってきた時に、彼があまりに逞しく、そして男らしく成長していて、ドギマギしてしまったのを覚えている。男所帯である士官学校では、娼館に通うのも通過儀礼のようなものだと、何かの拍子にうっかりとギスランが口を滑らせたことがあり、だからライアンも既に経験済みなのだろうと思っていたのだ。

(なんてことかしら……)

ではあの夜は、互いに初めて同士の行為であったというわけだ。

しかしだからどうしたという話である。

「あ、そ、そう……」

しどろもどろでそんな曖昧な返事しかできなかったミルドレッドを誰が責められようか。

だがライアンはその眦を鋭くさせた。

「ミル様、俺はこれまで自分は無性欲者だと思ってきました」

「む、無性欲者……?」

聞きなれない単語に目をぱちくりさせる。

「性欲の無い人間ということです。俺は誰かと性交をしたいと思ったことがなかったのです。そういう欲が湧かなかった」

「そんな人がいるの……？」

性欲とは誰にでもあるものだと思っていたミルドレッドは、驚いて訊き返してしまった。

ライアンは神妙な表情で頷いた。

「ごく稀なようですが、一定数存在すると医者には言われました」

「へぇ……」

不能とはまた別なんだろうかと首を傾げつつ、ミルドレッドはさりげなく、顔の横にあるライアンの腕を潜り抜けようと頭を下げる。ライアンの性癖（？）の暴露と妙な迫力に謎の危機感を抱いていた。だがその動きも、ライアンがスッと腕を下げたことで妨げられる。

「へぇ、ではありません」

「す、すみません」

なぜか怒られた。そして迫力に圧されてなぜか謝ってしまった。そんなミルドレッドの顎を、ライアンの長い指が摘まんで持ち上げる。否が応でもライアンと目を合わせることになり、ミルドレッドは眉を下げた。金の瞳が、狼のように鋭い。刺さるようだ。

「俺が無性欲者ではなかったことは、ミル様が一番よくご存じですよね？」

「う……ハ、ハイ」

性欲がなければ、あの夜ミルドレッドを抱くことなどできなかっただろう。

「あの夜から、俺は、疼くのです」

「えっ……どこか痛いの!?」

怪我でもしているのだろうかと眉根を寄せれば、ライアンは首を振ってミルドレッドの頬を指でなぞる。

「俺の雄が、疼いて仕方ない。ミル様を思い浮かべるたび、あなたを抱きたくて抱きたくて、居ても立ってても居られないのです」

「……っ」

ミルドレッドは息を呑んだ。つ、と優しく頬を撫でる感触に、ぞくりと背筋に慄きが走る。不快な慄きなら良かった。ミルドレッドはもうそれが快楽の兆しだと、知ってしまっている。

「ラ、ライアン……」

「ミル様……俺はあれから、ものすごく悩みました。あなたを思い浮かべるたび、瞬時にはち切れんばかりに滾《たぎ》ってしまうこの欲を、どうやってやり過ごせばいいのか」

愛しげにミルドレッドの顔の輪郭を撫で続けるライアンから、夥《おびただ》しい色香が溢れ出ている。蜂蜜《はちみつ》のように甘くドロリとしていて、これを浴び続ければ身動きが取れなくなる。そんな気がして、逃げなければと思うのに、いつの間にか鋼鉄の枷のごとき腕に腰を抱き込まれていて、退路がない。

「ミル様……」

男らしい精悍な美貌が近づいてくる。キスをされそうになっているのだと遅ればせながら気づいたミルドレッドは、慌ててライアンの顔を手で押しのけようと突っ張る。

「ライアン、それはホラ、あなたは初めてだから、その、快楽に浮かさ」

「ミル様も初めてだった。そうでしょう？」

話の途中でそんなことを訊ねられて絶句する。するとライアンがビキリと額に青筋を立てた。

「違うのですか？」

まるで恐喝でもされているかのような恐ろしい迫力に、ミルドレッドは半泣きになりながらブンブンと首を横に振る。

「違わないっ……！」

ミルドレッドの返事に、よくできましたとでも言わんばかりに、ライアンは顔を綻ばせ、どさくさに紛れて額にキスを落とす。

「ライアン！　あなた、つまり、その、性交が初めてだったから、その快楽に浮かされているだけよ！　そ、その、他の女の人とかと場数を踏めば、そんなのも」

　なんとか彼の意識を自分から逸らそうと、ミルドレッドは頭を必死に回転させる。ライアンが他の女性を抱くなんて想像もしたくない。だがそんなことを言っている場合ではない。

「俺が勃起するのはミル様に対してだけです」

「ぼっ……」

　顔に一気に血が上った。なんてことを言うのだ、この駄犬！

　パクパクと陸に上がった魚のように口を開閉させるミルドレッドに、ライアンは小さな手を退かし、まっすぐにハシバミ色の瞳を覗き込んでくる。

「ミル様にだけなんです。俺が勃起するのも、抱きたいと異常なまでの欲を抱くのも。俺は訓練された軍人です。しかもそれなりに有能な部類だと自負していました。己を律することは当たり前でした。それなのに……自分を制御できない。あの時の甘い快楽を忘れられない。あの夜以降、俺は我慢ができない。あなたを抱きたくて、抱きたくて、死にそうなのです」

　ミルドレッドは息もできずに、彼の金色の瞳に見入っていた。切なげに細められた形の良い目。その金の中の荒れ狂うような情熱に呑み込まれてしまいそうだった。

「助けてください、ミル様。俺を、助けて……」

まるで縋るように両手で顔を摑まれ、頭に頬擦りをされる。胸がぎゅうっと痛んだ。

これまでライアンは、いつだってミルドレッドを守ってくれていた。

同い年だけれど、ライアンはミルドレッドの兄のような存在だった。

それこそ身分も何も分からないくらい小さかった頃には、敬称なんてついていなくて、『ミル』と呼んでくれていた。何をやってもおぼつかないミルドレッドに呆れながらも、『ミルはばかだなぁ』と言って手を差し伸べてくれた。

ずっとずっと、頼るばかりだった。そんなライアンに、今は自分が頼られているのだと思うと、ミルドレッドの中に使命感のようなものが湧いてくる。

幼い頃から恐ろしく優秀で、神童とまで呼ばれたライアン。弱冠十九歳で王立騎士団長にまで昇り詰めたその突出した能力。これまで彼が何か失敗をしたなどという話は聞いたことがない。そんな完璧なライアンが、自分を律することができないというのなら狼狽してもおかしくない。

(そ、そうよ。優秀な軍人であるライアンが、初めての性交に……その快楽に浮かされて暴走していて、こんなに困っているんだもの。私にできることならしてあげるべきだわ)

そもそも、無性欲者だと自認していた彼に、無理やり自分を抱かせたのはミルドレッドだ。その責任は取るべきだろう。ミルドレッドは、意を決して彼を見つめ返す。

「分かったわ。あなたの欲は、私が責任を持って受け止める」

「……！　ミル様……！」

切なげだったライアンの表情が、一気に華やいだ。その表情が主にご褒美をもらった犬そのもので、ミルドレッドは不意に泣き出したい衝動に駆られた。

これから先も、ミルドレッドはライアンに抱かれるだろう。そのたびに、彼の温もりや愛撫を、愛情ゆえのものではないと、自分を戒めていかなくてはならない。その辛さを分かっているだけに、彼の笑顔が胸に痛かった。その痛みを我慢して、彼女は笑った。

「あなたは犬ね、ライアン」

ミルドレッドの言葉に、ライアンもまた微笑んだ。

「そうです。俺は、あなたの犬です、ミル様。命をかけて、あなたのお傍に侍り続けましょう」

期待通りの言葉を返してくれるライアンに、ミルドレッドは小さく笑った。

「……では、私もあなたに誓うわ。私の犬は、あなただけ。あなた以外に誰も要らないわ」

「ミル様……！」

小さく感嘆するように言って、ライアンはおずおずとこちらに向けて腕を開く。

「……触れても？」

「いいわ」

許可を出せば、ライアンが感極まったように唸って、華奢な身体を抱き締めた。

苦しいほどに抱き竦められながらも、ミルドレッドは文句を言わず、その広い背中に腕を回して撫でた。大柄で屈強な騎士が、何の力もない小娘に撫でられ、尻尾を振らんばかりに喜んでいる。他の者が見れば異様な光景だろう。

「あなたは、私の犬よ。ライアン」

ミルドレッドはもう一度言った。

この温もりを、ひたすらに愛しいと思いながら。

＊＊＊

ミルドレッドを急かすようにして主寝室に戻ったライアンは、部屋にいた侍女たちを追い出してしまった。ミルドレッドは目を剝いたが、彼女の傍にいるメイドは王宮にいた時と同じ者ばかりなので、心得たように微笑んで、文句も言わず部屋を辞した。

それがまた恥ずかしいやら居た堪れないやらで顔から火を噴きそうだったが、ライアンはまったく気にした様子を見せない。

それどころか、ミルドレッドをベッドに連行すると、すぐさまその夜着を剝いた。ベッドの上で向かい合って座り、胡坐《あぐら》をかいた彼の上に半ば乗り上げる体勢で、子どものように服を脱がされている状況に、妙に恥ずかしさが込み上げる。

「ラ、ライアン！　ちょ、ん」

ミルドレッドは抗議の悲鳴を上げるが、その口はキスで塞がれてしまった。ライアンはいつになく性急だった。

口の中を縦横無尽に動き回る舌に、ミルドレッドは文字通り翻弄《ほんろう》された。舐められ、絡められ、息をする間もないほど掻き回される。合わさった唾液が粘着質な音を立てる。

「ミル様……ミル様」

うわ言のように名前を呼び続けるライアンは、そうでもしていなければミルドレッドがどこかへ逃げてしまうと思っているかのようだ。逃げないから、ちょっと待ってと言いたいのに、その言葉すら彼女の唾液ごと飲み込んでしまう勢いだ。

(食べられてしまいそう……)

ライアンを犬だと言ったけれど、これでは犬がじゃれついているというよりは、腹を空かせた狼に、食べやすそうな柔らかな場所から噛みつかれているような、そんな危機感を覚えてしまう。

ライアンは口の中を舐り尽くすと、今度はミルドレッドの顔を両手で摑んで固定し、顔中にキスを落とし始める。それが啄むだけのかわいらしいキスなら良かったが、舌で舐め上げるというものだったので、どうしようもなく羞恥心が込み上げるというか、女としての何かがガリガリと削られていくような気持ちにさせられる。

人の顔はそんなに舐めるようなものではないはずだ。

「ラ、ライアン……！　も、ぅあぁんっ！」

もういい加減にして、と注意するつもりだったのに、いつの間にか下りてきた手に、胸の両方の先を摘ままれて悲鳴を上げる。骨張った指でくりくりと捏ねられると、そこから快感が迸《ほとばし》って、下腹部に熱を運んだ。異性と身体を重ねた経験など、もちろんライアンとの一夜限りであるミルドレッドは、身体の中に慣れぬ快感が一気に膨れ上がることに本能的に怯え、膝立ちになって厚い胸板を押し、彼と距離を取ろうとする。

だが胸の先を摘ままれた状態でそんなことをすれば、離すまいとするライアンの指に力が籠《こも》り、余計に強い刺激に見舞われることとなった。

「んっ、ぁあっ……ぁん、ぅむ」

「ああ、こんなに尖って……ミル様、かわいい……かわいい……！」

仔犬が甘えるような声で啼いていると、ライアンにまた唇を食べられる。

だらしなく開いた歯列から当たり前のように入り込んでくる舌が、ヨシヨシと宥めるように擦り合わされた。そうされると単純なもので、急激な快感に腰が引けていたくせに、今はしな垂れかかるように逞しい胸に身を預けてしまっている。

ライアンは満足げにそれを受け止め、大きな手で優しく背中を撫でてくれた。

ミルドレッドが落ち着いたのを見計らって、その手がすっと下がり、丸みのある双丘に触れる。柔らかな肉を確かめるようにフニフニと摑まれ、ビクリと身を震わせながらも、ミルドレッドはそれを止めなかった。唇を塞がれてキスに忙しかったというのもあるが、ライアンの大きく温かい手で触れられるのが気持ちよかったからだ。

うっとりとその感触を楽しんでいると、いつの間にか力が抜けて、硬い膝の上に腰を落としてしまっている。ライアンは両腕をミルドレッドの脇に差し入れて軽々と抱き上げると、クルリと向きを変えて膝に下ろした。ライアンに背中を預ける体勢で抱き直され、お尻にゴリ、と硬く熱いものが当たる。

それが何であるかはもう知っているので、カアッと頬を赤らめながらも、このままでいいものかとそろりと位置をずらせば、背後でライアンが悩ましげな息を吐いた。

「ミル様……」

「あっ……ご、ごめんなさい……」

動いてしまったのが良くなかったのかと慌てて謝ったが、ライアンが両手でミルドレッドの細い腰を摑んで、ゆっくりと身を揺らし始めた。

「んっ……」

ライアンの服越しとはいえ、ちょうど割れ目の辺りに硬い屹立が当たり、揺すられるたびに敏感な花芯が押し潰される。

「あっ、ライアン、これ、だめぇっ……んあっ」

ゴリゴリと当てられる物がライアンの雄芯だと思うと、それだけでじんとお腹の中が疼く。その上、背後から耳を甘嚙みされて、ゾクゾクと快感が背筋を這い下りた。

は、は、というライアンの荒い息と、濡れた舌が耳を舐めるぐちゅぐちゅという淫靡な音が混じり合って、ミルドレッドの脳髄を刺激する。

「ぁ、あぁ……」

興奮を煽られて、ライアンの触れる場所全てが気持ち好くて歓喜に震えてしまう。

「気持ち好いですか？　そんなにかわいい声で啼いて……ああ、もっと聞かせてください」

ライアンが項《うなじ》に口づけながら艶めいた声音で囁いた。その両掌はミルドレッドの乳房を揉み、指の先で赤く尖った蕾を捏ね回している。

「ああ、夢のようだ……。ミル様、会えない間、どれほどあなたを夢に見たことか……」

うわ言のようにライアンが囁く。ミルドレッドは微笑んだ。自分だって、どれほど彼を夢見たか分からない。ライアンのは肉欲だと分かっていたが、それでも同じように恋しいと思ってくれていたのだと思うと、嬉しかった。

「あなたの微笑みも、柔らかさも、温かさも、俺の手の届くところにあったのに……手が届かない現実をどれほど憎んだか。もう、二度と離さないでください……！」

いずれ彼の手を放さなければいけないと分かっているからだ。

肯定の返事がないことに苛立ったのか、ライアンは弄っていた胸をわし摑みにした。痛み一歩手前の強さで揉みしだかれ、ミルドレッドはまた甘い嬌声を上げる。

ライアンの触れるどこもかしこも気持ちよくて、ミルドレッドはひんひんと鼻を鳴らして啼きながら身をくねらせた。下腹部に堪った熱がじくじくと身を苛んで、辛い。弾けそうな何かをなんとかしてほしくて、片腕を後ろに伸ばしてライアンの頭をかき抱いた。

「は、やぁあっ、ラ、イアンっ……ライアンっ、ん、むぅ、ん」

ライアンは縋るミルドレッドの唇にむしゃぶりついて、揺さぶりの速度を速めた。

「ん、ん、む、んん、んん——ッ」

引っ張られる乳首がじんじんと熱い。それなのに、もっともっといたぶってほしい。

硬い屹立に緩急をつけて圧し潰される陰核が、与えられる刺激に期待して張り詰めているのが分かる。まだ触られてもいないのに、蜜壺の中から物欲しげに愛蜜が零れ出していて、いやらしい水音を立てている。ライアンの服をしとどに濡らしてしまっている感触に、普段ならば羞恥心で身悶えしただろう。

それなのに、今はただ、もっとライアンが欲しかった。

ライアンが与えてくれる快楽を、もっともっと味わいたかった。

（ちゃんと、分かっているから……）

性欲を知らなかったというライアンに、肉欲を覚えさせてしまったという失態。

まさかライアンがそんな性質の男性だとは思っていなかった。だが確かに、この年になるというのに彼には浮いた話一つなかった。ミルドレッドは安堵するばかりだったが、よく考えれば、ライアンほどの好条件な男性に女性の影がないことの方がおかしいと気づくべきだったのだろう。

ライアンがミルドレッドに執着するのは、恋情からではない。

だが、恋や愛とはかけ離れた感情であっても、自分に向けられた情には違いない。

（それだけでいい。私は、それで満足するから――）

だから今、この身に触れてくれるその指や、掌や、舌の感触を、記憶に焼きつけたい。いつか彼を手放す時が来て、それを見送らなくてはいけなくても、微笑みを浮かべられるように。彼の幸せを心から祈れるように。

（ライアンの腕の中にいる、この幸せな瞬間の記憶をよすがに、私はきっと生きていける）

震えるような快感の果てが欲しくて、ミルドレッドは戦慄きながらライアンにキスを求めた。背後にある彼の顔に合わせるために、首をぐっと反らさなければならず苦しかったが、それよりも、彼に口づけたかった。

「ライアン……ライアン！」

急いたように名を呼べば、ライアンはちゃんと欲しいものをくれた。

彼はミルドレッドの唇を舐め、小さな舌を引きずり出して甘く噛んでから、そっと囁いた。

「ミル様、達《い》ってください」

低い声と共に耳腔に息を吹きかけられて、ミルドレッドはブルリと背をしならせ高みに駆け上がった。

「――――ッ」

喉を反らしたせいか悲鳴は音にならず、弓を引き絞るように引き攣った四肢は、高みを見た後、ゆっくりと弛緩し、ガクガクと力なく震えたのだった。

＊＊＊

くったりとしたミルドレッドを、一度背後から包み込むように抱き締めると、ライアンは彼女の華奢な身体をそっとベッドに横たえた。

気をやったばかりで力の入らないミルドレッドは、ライアンのなすがままだ。

ライアンは金色の瞳を炯々《けいけい》と光らせて、彼女の嫋《たお》やかな肢体《したい》を眺め下ろす。

ミルドレッドは陸に上がった白魚《シラウオ》のようだった。小さな顔を桜色に上気させ、眠るように長い睫毛《まつげ》を伏せている表情は、人ではなく妖精と言っても通じるのではないか。それほど頼りなく、危うげで、憐れですらあった。

そう。ライアンはこの小さく美しい主を、ずっと憐れだと思ってきた。

記憶の中のミルドレッドは、いつだって父王と母妃に向かって、必死に手をのばし愛情を与えてくれと欲していた気がする。少しでも気を引きたくて、けれどそうすることで浴びせられる罵倒や嘲笑に、ただ曖昧に笑って突っ立っていた。

なぜ笑っているのだろうと、不思議でならなかった。自分だったら、きっと食って掛かっている。憤慨し、状況を打破しようと奮闘しただろう。子ども心に、そうしないミルドレッドを、少し頭が弱いのかもしれないと思っていたほどだった。

その笑顔が、実は笑顔ではないのだと気づいたのは、あの狂暴な王妃が、花束を捧げようとしたミルドレッドを殴打した時だった。

あの日、彼女の乳母である母が止めるのも聞かず、ミルドレッドは王妃のために朝早く起きて薔薇《ばら》を摘みに行った。一番咲きが最もきれいだと、庭師の老爺が言っていたからだ。

『ねえ、ライアン。お母さま、よろこんでくれるかなぁ』

出来上がった薔薇の花束は、子どもの手で作った割にはきれいでまともに見えたから、ライアンは頷いた。それよりも、ミルドレッドの小さな手が薔薇の棘《とげ》で血だらけになっているのが気になったのを覚えている。こんなに傷だらけになってまで、あんなクソ意地の悪い婆のために何かをするなんて、ミルドレッドはどうかしていると思った。

そもそも、ライアンはミルドレッドが王や王妃に尻尾を振るのが面白くなかった。

(ぼくがいればいいじゃないか)

この自分が傍にいる。それなのに、何が不満だと言うのか。ライアンが見たところ、王はともかく王妃のミルドレッド嫌いは勘違いなどではなく、本気のものだ。ミルドレッドが何かすればするほど、王妃の怒気を煽るだけだろう。

そして案の定、王妃は誕生会の席に現れたミルドレッドに激怒した。

花束を差し出したミルドレッドに容赦なく平手打ちを喰らわせたのだ。母に抱えられて戻ってきたミルドレッドの顔は腫れて変形し、小さな鼻からは血が流れていた。

怒りで目の前が真っ赤になった。子どもであったが、ライアンにもミルドレッドが何一つ悪くないのは分かった。その彼女が、どうしてこんな目に遭わなくてはならないのか！

だが、当の本人はそんな時でもへらへらと笑っていた。

『だいじょうぶ。わたしはだいじょうぶよ、ライアン』

悔しくて情けなくて、ライアンは踵を返して部屋を出た。こんな時ですら笑うミルドレッドに腹が立った。

だが、その腹立ちはその後別の感情に塗り替えられた。

手当てを終えたミルドレッドが一人でどこかへ行ってしまったと母に言われ、薔薇園へ探しに行った時だ。今朝嬉しそうに薔薇を摘んでいたその場所に、ポツリと立つ彼女を見つけたライアンは、その足を止めた。

ミルドレッドが、泣いていた。小さな身を震わせて、滂沱《ぼうだ》の涙を流していた。

（どうして、笑っているなどと思っていたのか）

彼女はいつだって、その笑顔の裏側に、涙を隠していたのに。

誰もいない場所で一人、嗚咽を漏らして泣く少女を見た時に、自分は彼女の犬になろうと思った。彼女は幼いながら、己が泣けば、周囲が困ることを知っていたのだ。泣き顔を人に晒さないのが、彼女の矜持だ。ならば犬だったら、傍にいてもいいだろう。泣く彼女の傍に侍ることを許されるだろう。そう思ったから。

エヴラールに来て外に出る機会が増えたのか、多少日に焼けたようだが、それでも元来色素が薄いため己の肌よりずっと白く、肌理《きめ》が細かいのでクリームのように滑らかだ。

若く張りのある二つの乳房は、仰向けに寝そべっていても、かわいらしい毬のような形を保っている。その頂を飾る赤い実は、先ほどライアンに丹念に弄られたせいで、ツンと尖ったままその存在を主張しており、ミルドレッドが呼吸をするたび愛らしく震える。

うっすらと肋骨の浮いた腹部から、なだらかな曲線を描く優美な腰、細いながらも柔らかそうな太腿は、噛みついて自分の歯型をつけてやりたくなる。

脚の間にあるミルクティ色のあわい茂みに、ごくりと喉が鳴った。下生えがしっとりと濡れていることは、見ただけで分かる。先ほどの行為だけであれほど乱れてくれるとは。嬉しい誤算ではあるが、自分と彼女の体格差を考えると、無理はできない。

かといって、自分が彼女を味わわずに我慢できるかと問われれば、それもできない相談だ。なにしろ、最初の行為から一年も我慢を強いられたのだ。これ以上我慢しろと言われれば、いろいろ爆発してもおかしくない。

ライアンはミルドレッドの艶めかしい姿を目に焼きつけるようにしながら、手早く自分の衣服を脱ぎ去った。ごわごわとした己の衣類で繊細なミルドレッドの肌を傷つけたくなかったし、なにより肌と肌をピッタリと重ねて彼女を直に感じたい。

脱いだ衣服を邪魔にならないよう床に放り、彼女同様生まれたままの姿になると、ライアンはハート形の輪郭を掌でそっと撫でた。ミルドレッドは目を閉じたまま、気持ち良さげにその掌に頬擦りをする。安心し切った仔猫のような仕草に、愛しさが込み上げた。

自分の主は本当に邪気がない。これから貪られる相手にこんなにも無防備でいいのかと心配になるほどだ。その額に口づければ、ふるりと長い睫毛が動いて、ハシバミ色の瞳が見えた。

「ライアン……」

普段は少し勝気そうに響く声が、今は甘えた色を帯びている。自分しか知らない彼女の声に、歓喜で胸が膨らんだ。

抑え切れずその唇を貪れば、つたないながらも応じてくれるのがまた堪らなくかわいい。そのまま彼女の口の中を舐りながら、片手を薄い茂みへとのばす。そこに触れればミルドレッドは驚いたように身を跳ねさせたが、唇を啄んでやれば落ち着きを取り戻した。

最初は指の背で下生えを梳くようにしながら、そっと潤《うる》みへと指を這わす。先ほど達したばかりのそこはまだ熱くぬかるんでいて、彼の指に蜜がとろりと絡んだ。指を動かすと微かに立つ粘着質な水音が恥ずかしいのか、ミルドレッドが顔を赤くして耳を塞ごうとする。ライアンはクスリと笑って、その小さな手を摑んで離すと、赤くなった耳に嚙みついた。

「んんっ……」

舌を伸ばして耳の中を舐めれば、ミルドレッドがぶるりと震えて頤《おとがい》を反らした。

「ほら、こうすれば分からないでしょう？」

耳の中を舐める水音で、下で鳴る音など気にならないだろう。

そのまま舐め続ければ、ビクビクと魚のように身を痙攣《けいれん》させ、かわいらしい声が小刻みに上がる。楽しくてしばらく続けてしまい、恨みがましい目を向けられた。耳がダメなら、と身を起こし、柔らかな内腿をひと撫でしてから、その膝に手をかけて割り広げる。

「きゃあっ！」

虚を衝《つ》かれたのか、抵抗なくパカリと開かれた脚の付け根は、愛蜜に濡れててらてらと光っていた。まだぴったりと閉じた花弁はきれいな桃色で、そこから蜜が漏れ出る様子は息を呑むほど淫靡で可憐だ。その上に皮を被ったままの真珠がわずかに見え隠れしていて、それもまたひどくいやらしい。

「やだ、ライアン！　見ないで！」

ミルドレッドが真っ赤になって懇願し、懸命に脚を閉じようとしているが、ライアンにしてみれば赤子が暴れている程度の力である。まったく意に介さず、それどころか更に脚を開かせると、その間に顔を埋めた。ミルドレッドが息を呑んだのが分かったが、それ以上の抵抗は無駄だと思ったのか、おとなしく受け入れてくれたようだ。

そこはミルドレッドの甘い匂いが立ちこめていて、ライアンの脳髄に直に官能的な刺激が響く。眩暈がしそうだ。まず垂れていた蜜を舐め取る。甘酸っぱいような匂いなのに、その味はほんのりと塩の味がした。とろりとした蜂蜜にも似たこの汁が、ミルドレッドの体液なのだと実感すると、ひどく喉が渇いた。その渇きのままに啜り上げれば、じゅるじゅると淫猥な音がした。

ミルドレッドが恥ずかしがっているだろうと思ったが、止められない。

酒も飲んでいないのに酩酊したような気分で、夢中になってミルドレッドの愛蜜を舐め啜っていると、閉じていた花弁が充血してぽってりと膨らみ、綻び始めた。垣間見た膣肉は、ぷるぷると艶やかな薔薇色の襞を蠢《うごめ》かし、ライアンを誘っているかのようだ。

衝動のままに、舌を突っ込んだ。入り込んできた異物に、甘い媚肉が迎合するようにぐにぐにと動く。その健気な動きに微笑みたくなった。

膣内ではまだ快感を拾えないのか、ミルドレッドは未だ強張ったままで震えている。それが可哀想になって、舌を引き抜いて、今度は陰核をぺろりと舐めあげた。

「んっ、ぁあっ」

皮の上からでも充分な刺激になるようで、ミルドレッドが分かりやすく嬌声を上げる。ここばかりで快感を得ていては、中で得る愉悦を習得するのが遅くなる。できれば自分のものを受け入れて愉悦の境地に達してほしいので、あまりこちらを育てすぎてはいけないのだが、それでもまだ二度目の行為だ。身体を慣らす方を優先しようと思い、ライアンは皮ごと陰核を吸い上げた。

「ひいっ」

ミルドレッドが背をしならせて啼いた。実にかわいらしい。身体が浮いたせいで、ライアンの顔に秘部を押し付ける形になっているが、きっと本人は気づいていないのだろう。

口の中で舌先を使ってチロチロといたぶれば、陰核は芯を持ってかわいらしく膨らむ。舌で皮を少しだけ剝くと、ミルドレッドが甲高い声で啼いて四肢を引き攣らせた。また軽く達したようだ。

やがてくたりと力を抜いてくれたので、コポリと濃厚な愛蜜を零すそこにそっと指を差し入れた。たっぷりと蜜を湛えた媚肉は、ミルドレッドが絶頂の余韻に浸っている今、無駄な力が籠っておらず、すんなりと受け入れてくれる。

根元まで全部差し入れて、熱く熟れた襞の感触を堪能した。とろとろと蕩けて、実に美味《うま》そうな具合だ。ここに己を突き入れれば、さぞかし気持ちが良いのだろう。想像するだけで、脳が痺れた。

また唾が込み上げてきて、ゴクリとそれを飲み下す。まだだ、と自分を戒める。

ミルドレッドは行為に慣れていない。しっかり濡らし、解してからでなければ苦痛を与えてしまうだろう。ライアンは辛抱強く、ミルドレッドの快感を追う。

一本目の指を動かして中を解しながら、陰核を弄って快感を与える。膣内に侵入する異物の違和感をできるだけ抱かせないよう、そしてなにより、彼女を傷つけないよう、慎重に事を進めた。こんなにも華奢で柔らかいミルドレッドだ。ライアンが少しでも力を込めすぎれば、容易く傷ついて壊れてしまうだろう。

指を二本に増やす。解れてきた蜜筒は無理なくそれを迎え入れてくれた。それをばらばらと交互に動かしたり、蜜襞を引っ掻くように曲げてみたりしながら、蜜路が柔らかくなるのを辛抱強く待った。動かすたびに、ミルドレッドがかわいらしい声で啼くので、そのたびに唾を飲まねばならず、大変な忍耐を要する作業だった。

小さな仕草で容易く自分を翻弄する主を、少々憎らしくさえ思ってしまう。

「あぁっ……」

隘路を解しながら、物欲しげにぷるぷると震える陰核も弄ってやれば、ミルドレッドが背を反らして悦んだ。かわいいのでもっと悦ばせようとそこを愛でるように撫で続けると、肉襞がうねり、指に絡みついてきた。

「あ、あ、ぁあ、ん――」

「ああ、待ってください、ミル様」

また達しそうなのだと分かり、ライアンは笑いながら指を抜いた。手首まで垂れた愛蜜を舐め取りながら、手早く身を起こして彼女の脚の間に身を据える。

「あ、ライ、アンぅ……！」

絶頂を前にお預けを喰らったミルドレッドは、快楽に蕩けた目で強請《ねだ》るように名を呼んだ。こんな時ばかり素直になる主に内心で文句を言いたくもなったが、今はそれよりも彼女の中に早く押し入りたい。

まだかまだかと鈴口から涎を垂らしていきり立つ己を、美味そうな泥濘《ぬかるみ》にあてがった。

くちゅ、と水音が立って、熱く蕩けた感触が一物に当たるのを感じる。

ゴクリと喉を鳴らして、ぐう、と腰を押し進めた。

（――ああ……）

熱く濡れた坩堝《るつぼ》に呑み込まれる快感に、脳が焼き切れそうになる。

まだ二回目の行為に慣れないとはいえ、ミルドレッドの中は熟れて彼を歓待した。

「あ、ああ……」

熱に浮かされたように、ミルドレッドが呟くように甘い声を上げる。

腰を小刻みに振って、蜜襞を擦り上げながら少しずつ中を侵していく。思い切り腰を振りたくりたくなる衝動を堪えながら、それでも極上の快楽に全身が歓喜に沸き立った。

狭いミルドレッドの中は、すぐ最奥に到達してしまったけれど、その先を求めて腰を押し付けると、中が柔軟に弛《ゆる》んで彼を根元までぐっぽりと咥えこんでくれた。

「ふ、ぁあ！」

出し入れはせず、子宮の入り口を捏ねるように腰を回せば、ハシバミ色の瞳を見開いて甲高い声を上げる。

「これが気持ちいいですか？」

高い声が愛らしく、もう一度聞こうと彼女の身体を弾ませるようにぐりぐりと回した。

「ひ、や、あぁあっ……これっ、ああ、ライアンッ！」

しつこく繰り返すと、ミルドレッドの表情が、快楽と苦悶の入り混じったものに変わる。

目の焦点が合わなくなり、四肢がプルプルと引き攣った。

それと当時に、蜜路がぎゅうぎゅうと陽根に絡みつくように収斂《しゅうれん》し始めた。

「っ！」

急激な甘い責め苦にライアンは息を詰めたが、絶頂に駆け上り始めたミルドレッドはお構いなしに、更に蠢いて彼を苛む。愉悦が一気に広がって、腰に蕩けるような痺れが走る。

「クソッ！」

まだ彼女をゆっくりと堪能するつもりだったのに、と内心で歯噛みをしながら、それでも怒濤《どとう》のように押し寄せる絶頂の波に逆らうことはできなかった。

ミルドレッドの柔らかな脚を抱え上げ、滾る欲望のままに腰を振った。

「きゃ、あ、ぃあ、あ、あっ！」

肌がぶつかり合う拍手のような音が部屋に響き、同時にミルドレッドの高い悲鳴が上がる。すさまじい快楽が腰から這い上がり、脊髄《せきずい》を通って悦びを伝え、脳が痺れた。

「あああっ！」

ひと際甲高い声でミルドレッドが啼いた。

欲しい欲しいと貪欲に蠢く媚肉が、容赦なく剛直を吸い上げて引き絞る。その法悦に屈して直前で引き抜き、彼女の白い腹に己を解き放つ。

桜色に上気した滑らかな肌が、どろりとした白い精液に塗れていくのを、ライアンは満足げに見下ろしたのだった。

第三章

　この日、ミルドレッドはライアンとギスランを伴って、国境のあるエヴル山脈の峠路《とうげみち》に視察に出かけた。ここ数日続いた雨により土砂崩れが起きたと報告があったからだ。

　山脈の裾野とはいえ山間部には変わりなく、ミルドレッドは男性用の乗馬服を着て現場へ向かうことにする。以前の辺境伯の中にはずいぶん小柄な人がいたのか、女性としても小さな部類に入るミルドレッドが着ても、ちょうどよいサイズの紳士服がたくさん揃っていたのだ。

（生地もあまり傷んでいないし、まだわりと新しいようだけど）

　あの肖像画の中の誰がこんなに小さかったのだろう、と想像するとなんだかおかしかった。

　峠路であるため、すぐ脇は急勾配《こうばい》な山肌。馬も途中までしか登れないような獣道で、途中からは徒歩で行くことになった。念のためにと用意したツルハシやスコップを担いで、山に詳しいという男の案内で峠路を登っていく。

王宮にいた頃は王女様然とした生活をしていたため、体力などないに等しかったが、エヴラールへやって来てからは違う。積極的に民と交流するために、街であろうと山間部であろうと、どこへでも出かけていき、時には視察のために数日かけて森の中を歩き回ることだってあった。去年の雨季に川が氾濫《はんらん》した際には、領民と共に泥まみれになって修復工事に携わった。おかげで馬車に乗っての数日の旅ですら悲鳴を上げるほどひ弱だったミルドレッドの身体は、一日程度の山歩きくらいは屁でもない程度に逞しくなった。

それでも、齢七十を超えてなお剛健を絵に描いたようなギスランや、体力お化けと言っても過言ではないライアンと比べれば、ウサギと熊ほどの隔たりはあるだろうが。

「ミル様、雨で土がぬかるんでおります。足下にお気をつけください」

「分かって、いるわ」

ミルドレッドは息を切らしながら端的に答えた。

スコップを杖のようにして慎重に登るミルドレッドに、ライアンはハラハラした口調で背後から声をかけてくる。

心配はありがたいが、もう充分気をつけているし集中力が削がれるのでやめてほしい。これで転びでもしたら後ろの筋肉ダルマに問答無用で担ぎ上げられるのは目に見えている。

「ライアン、やめんか」

ブスッとしているミルドレッドを見かねたのか、ギスランが代わりに注意してくれる。

「ですがミル様が怪我をなさったら」

「怪我をされんよう、慎重に歩いていらっしゃる。お前は少し姫様に過保護だ」

呆れを隠さない祖父の物言いに、今度はライアンが憮然《ぶぜん》とした顔になる。

すると、三人の会話を聞いていた案内役の男が、ケラケラと笑い出す。

「なんだぁ、若い兄ちゃんが領主様の母ちゃんで、爺ちゃんの方が父ちゃんみたいだなぁ」

「なっ……!?　母ちゃん!?」

ミルドレッドは、なるほど言い得て妙だ、と思ったが、ライアンは不本意だったのか盛大に顔を顰めていた。ギスランは軽快に笑いながら「曾孫を娘だと言われると、儂もまだまだ若い気がするわ」と満足げだ。これには案内役の方が驚いたようで、「曾孫……!?爺さん、あんたいくつなんだい!?」と悲鳴を上げて、実年齢を聞いてまた仰天していた。

「七十六!?　七十以上でこの峠路を歩いたのは、俺が知ってる中じゃあんたが初めてだよ!　あんた化け物か、神様かい!?」

「どちらかと言えば、悪魔と言われるな」

飄々《ひょうひょう》と答えるギスランに、案内役は「縁起でもねぇ」と鼻に皺を寄せていた。恐らく彼は、ギスランが『常勝の悪魔』と恐れられていたとは知らないのだろう。

ミルドレッドは滑る足場に苦戦しつつ、自分の周囲にいてくれる人たちの稀有《けう》さを改めて実感する。そうこうしている内に目的地に到着したのか、案内役が足を止めた。

「あそこだ」

　節くれだった指で示したのは、自分たちが立つ峠路の斜め下方向だ。路の脇は絶壁と言えるほどの急勾配な斜面だったが、その途中から抉られたように土砂崩れを起こしている場所があった。

「多分、あの脇に倒れている老木が腐って根っこから滑ったんだ。あの辺はいっぱい木が生い茂ってたのに、なぎ倒されて丸裸だ」

「ああ、本当だ。松だろうか。ずいぶん大きいな」

ギスランが目を凝らして覗き込み、うんうんと頷いている。

「だがここを下りるのも、あの土砂を退かすのも一苦労だぞ」

ライアンの言葉に、ミルドレッドも頷いた。山なので土砂崩れはよくある話だ。そのたびに人と物資を使っていてはキリがない。けれど案内役は困ったように首を振る。

「あの下には小さいけど川が流れててよ。その麓《ふもと》の村の生活用水になってる。あれを放っておけば、土砂が雪崩れ込んで川が堰《せ》き止められちまう」

「なるほど」

川が堰き止められれば、溢れた水が進路変更をして新たな川筋を作る。そうなると川が定着するまでにまた災害が起こる可能性が高くなる。

「なら、なんとかしないとね」

どうしようかしら、と顎に手をやったミルドレッドは、土砂の中に不自然な色を見つけて首を傾げた。

「ねえ、あれ……」

背後にいるライアンを手招きして指さした。土砂の中に、小さいけれど鮮やかな色が見えるのだ。

「黄色よね？　布……？　もしかしたら、人が……？」

「……ッ！　土砂崩れを起こしたのはいつだ!?」

顔色を変えたライアンに、案内役が慌てたように答える。

「お、俺が見つけたのは、今朝だ」

「まずいな。土に埋もれているとすれば長すぎる」

ギスランが呻くように言って、背負った荷入れからロープを取り出した。

「ライアン、お前が行け」

「分かっています」

瞬時に判断を下した二人が、あっという間に準備を整えた。

ギスランが近くの太い木の幹《みき》にロープを縛り付け、ライアンに合図する。ギスランの握る縄のもう片方の端を腰にしっかりと巻き付けて縛ったライアンは、祖父に頷き返すと、ツルハシを手にスルスルと絶壁を下っていき、土砂の上に辿り着いた。

「すげえ……山に慣れた俺たちでもああはいかねえ。なにもんだ、あの兄ちゃん」

あまりにあっさりと絶壁を下りる様子を見て、案内役が呆気に取られて呟いた。

ミルドレッドは固唾《かたず》を呑んで見守っていた。愛する男性が絶壁を下りる姿を見て笑える女性はまずいないだろう。ライアンがミルドレッドの指した布を手で掘り起こすと、やがて何かを摑んで引きずり出した。

「あっ……！　やっぱり！」

出てきたのは、男性と思しき人だった。

遠目からは詳細は分からないが、どうやら子どもでも年寄りでもなさそうだ。

ライアンが首に手を当てて脈をとる仕草をした後、こちらに向かって手を上げた。

「お、息があったか」

背後でギスランが驚いたように声を上げた。

ライアンは自分の腰の縄を解き、男を背に担ぎ上げるとその腕を自分の首にかけさせる。男の手首を自分の首の前で結び、次いで男と自分の腰を密着させて固く縛り上げた。そうやって男の身体を自分に固定させた後、また崖《がけ》を伝ってこちらへ戻ってくる。

「おいおい、人一人背負ってここを登ってくるのかよ。バケモンだな」

さすがに下りた時ほど軽い身のこなしではなかったが、危なげなく崖を登る様子に、案内役が信じられないと首を振った。やがて崖を登り切ったライアンは、ギスランの腕に摑まって身体を引き上げ、縄を解いて男を下ろした。

泥まみれになりながらも、若干息を切らす程度でさほど疲れた様子も見せないその強靭《きょうじん》さに改めて驚きながら、ミルドレッドはその頬についた泥を手で拭ってやる。

「よくやったわ、お疲れ様」

「ありがとうございます」

労いに、ライアンはにっこりと破顔した。その背後でギスランが助け出された男の口元に手をやり、呼吸をしていることを確認すると、頬を叩いて声をかける。

「おい、聞こえるか？　おい！」

ギスランの大声に、男が呻き声を上げて首を振る。

「う、うう……」

うっすらと目を開いた男に、ギスランは畳みかけるように大声で言った。

「聞こえているか？」

「あ、ああ……う、る、さ……いなぁ、も、う……」

耳もとで上げられた大声に不愉快そうに顔を顰め、男が文句を呟いた。

「意識はあるようだな」

ギスランが呆れたように言って笑った。

「しぶとい男だ」

ライアンがどこか冷めた口調で言ったので、ミルドレッドもホッと息を吐いた。

「あの泥の中、よく生きていたわね」

「雨避けの外衣の頭巾を目深に被っていたおかげで、埋もれながらも顔周辺に空洞ができたのでしょう。埋もれていたのも比較的浅い場所でしたから、外気の通り道が確保されていたのだと思います。ずいぶんと悪運が強い人間のようですね」

「なんにしても、助かって良かったわ」

衰弱はしていたが、奇跡的に怪我らしい怪我はなく、男はライアンに肩を担がれるようにしながら、なんとか下山することができた。

ミルドレッドは男の介抱をライアンたちに任せると、自分はギスランと国境警備軍の砦へ向かった。土砂崩れの報告に行ったのだ。

お飾りとはいえ、国境警備軍の将軍が抜き打ちのように現れたものだから、軍人たちは慌てたようにバタバタとしていたが、すぐに副将軍の部屋へと通された。

副将軍はミルドレッドが登山帰りの泥まみれの姿であるのに目を瞠ったが、事情を説明し、土砂災害を防ぐための人員を確保したいと言えば、「では、炭鉱労働者組合に話をつけましょう」と言ってくれた。

なるほど、とミルドレッドはポンと手を叩く。エヴラールの南東には石炭の採掘場がある。石炭という重要なエネルギー資源は王国の管轄となるため採掘事業自体は国営だが、労働者は民間の組合を通して雇い入れているので、そういった組合も存在しているのだ。

しかしミルドレッドに対して拒絶反応ばかりが顕著だった副将軍が、初めて協力的な発言をしたので、驚いて目を丸くしてしまった。そんな彼女の心情が露わだったのだろう。副将軍は気まずげに口の端を曲げたが、フンと鼻を鳴らして言った。

「あなたは口ばかりではないようだからな」

今回、ミルドレッドが泥まみれの恰好で土砂崩れの報告をしたことで、実際に自分の足を使って現場に行ったことが分かったのだろう。少しは見直してくれたらしい。

嬉しくなって、ミルドレッドはにっこりと笑った。

「ありがとう」

「べ、別に、あなたのためにするわけではないですぞ！　あなたのようなお姫様は労働者組合に繋がりなどないでしょうからな！　致し方なくです！　民のために動くのは、警備軍として当然ですからな！」

慌てたように憎まれ口を叩く副将軍の頬がほんのりと染まっているので、腹が立たないどころか、なんだかかわいくすら見えてしまう。ふふふ、と含み笑いを漏らすミルドレッドに、副将軍がチッと舌打ちをした。赤面したちょび髭の舌打ち。かわゆいものである。

「エヴル山に慣れている人がいた方がいいから、あの案内役も雇うといいわ。費用は私の財産から出せばいい。いくらでも構わないから」

国境警備軍の懐具合は、決して潤沢《じゅんたく》とは言えないことをこの一年で痛感したミルドレッドはそう言い添えた。ありがたいことに、臣籍降下時にある程度まとまった資産と金を与えられている。嫁ぐ際の持参金だったのだろう。

その申し出に、副将軍の周囲にいた軍部の幹部たちが虚を衝かれたような顔になった。

「そ、れは……ありがたいことですが……。伯の私財を投じられるなど……、よろしいのですか？」

訊ねられ、ミルドレッドは逆にキョトンとしてしまう。

「いいも何も、このエヴラールのためでしょう？　私財といっても、私は領主なのだし。民のために、領主である私がお金を出すのはおかしいことではないわ。といっても、私だってそんなに持っているわけじゃないけれど」

それに、とミルドレッドは付け足した。

「その私財というのも、元々は私が嫁ぐ際の持参金だったものだもの。エヴラール辺境伯は結婚できないから、私にはもう必要がないでしょう？」

肩を竦めて笑えば、軍人たちが一斉に神妙な顔つきになった。目の前のうら若き娘が、結婚や子どもといったものを奪われてここに立っているのだと、今ようやく気がついたかのような顔だった。急にしめやかな雰囲気になってしまい、なんだかミルドレッドの方が居心地が悪くなった。自分としては事実を述べたに過ぎないのだが、妙な同情を買ってしまったのは、どうにも居た堪れない。

「じゃあ、よろしくね」と言い置き、早々に警備軍の砦を去った。

帰路の馬上で、ミルドレッドはポツリと呟く。

「あんなに可哀想な者を見るような目で見なくっても……」

『エヴラール辺境伯は結婚できない』――それは自分の中では、もう呑み込んだはずの事実だ。だから誰にもそれを憐れんでほしくなんかなかった。

「おや、姫様は可哀想なのですか？」

隣で馬を歩かせているギスランに、独り言が聞こえたらしい。白い眉を大きく上げて訊ねてきた。

「そんなわけないでしょう！」

辺境伯として立派にこの地を治め、この国一豊かな土地にするという高い目標を掲げ、毎日駆けずり回っている。その努力が、少しずつ実り始めている。

「私はこんなにも充実した人生を送っているのに！」

半ば吠えるようにして言えば、ギスランが愉快そうに哄笑《こうしょう》した。

「ならばよいではないですか。人の人生の幸、不幸は、他者によって決まるものではない。己が決めることなのですから」

言われて、ミルドレッドは目を瞬く。

「……なるほど」

要は、自分が幸せであると思えば、幸せなのだ。

（私にとっての、幸せ）

それがなんなのか。まだ若輩者であるせいか、ミルドレッドにはピンと来るものがない。

だがギスランが言うように、それはきっと、これから、自分が決めることなのだろう。

（私が、私の幸せを決める）

ミルドレッドは背筋を伸ばして、まっすぐに前を見る。

少しだけ、自分を好きになれた気がした。


帰城したミルドレッドを待っていたのは、苦虫を嚙み潰したような顔のライアンと、にっこりと笑みを浮かべたひょろりとした男だった。背の高さだけなら隣に立つライアンと同じくらいだが、力仕事には縁がないような身の細さで、ライアンの一撃で吹っ飛んでしまいそうである。男性にしては珍しく長髪で、オレンジがかったハニーブロンドを一つに括り、背中に流している。誰だろう、と首を傾げたミルドレッドの姿を見つけると、男はパッと顔を輝かせて駆け寄ってくる。

「あなたが僕を助けてくれた女辺境伯様か！」

言いながら男がミルドレッドの両手を握った。

「ミル様に触るな」

風のように傍に来たライアンが、ドス、と容赦のない手刀で男の手を叩き落とす。

「痛い！　なんだその力！　めちゃくちゃ痛いんだが！」

態か！　と男が赤くなった両手首を突きつけて猛然と抗議するが、ライアンが謝罪をするはずもなく、警戒も露わにミルドレッドを自分の背中に隠し、金の目を眇めている。

ライアンの逞しい身体の脇から向こうを覗き見ながら、ミルドレッドは苦く笑う。

「えっと……あなたは土砂の中に埋もれていた人でいいのよね？」

状況から考えて多分そうだろうなと思い、一応訊ねてみると、男はにっこりと微笑んで
「そうです」と首肯した。

「湯を使って身を清めたのね。ずいぶんとさっぱりしたわ」

泥まみれになっていた上、目も満足に開けられていなかったので、どんな容姿をしているのか分からなかったが、キレイになったところを見ると、なかなか整った顔をしている。

歳はミルドレッドよりも五、六歳上だろうか。痩せてはいるが手足は長く、身体のバランスは悪くない。目尻が垂れた甘い顔立ちに加え、鮮やかな緑色の瞳は周囲の目を引くだろう。明るい髪色でしかも長髪という派手な要素も相まって、物語に出てくる吟遊詩人のような印象だ。領主であるミルドレッドや、強面のギスラン、そして威嚇するライアンを

前に物怖じしない様子を見ると、とても人懐っこい性格のようだ。

「助けてもらった上に、風呂まで入れてもらって、しかも衣服まで借りちゃって！」

ありがとね！　とまるで友達であるかのように気安く話しかけられているのに、不思議と不快感を抱かせない男である。

「いいのよ。それにしてもあなた、泥に埋もれてたわりにはずいぶんと元気ね」

思わずつられるように気さくに答えていると、ライアンが苦々しい声で進言してくる。

「ミル様、不用意に近づかれませんよう。得体の知れぬ輩です」

「得体の知れぬって、ひどいなあ。ちょっと記憶がないくらいじゃないか」

唇を突き出すようにして文句を言う男に、ミルドレッドとギスランは驚いて顔を見合わせた。

「記憶がない？」

「そうなんですよ。土砂崩れに巻き込まれた時に頭でも打ったんですかね？　自分の名前も、どんな人間なのかとかも、まったく思い出せなくて」

いやあ、困ったもんだ、とあっけらかんと肩を竦める様子に、こちらの方が心配になってしまう。

「何か身元の証明になるような物は持っていなかったのか」

ギスランの問いに、ライアンが口をへの字にして答えた。

「それが、土砂に流されたのか、荷物などは何も持っておらず、身に着けていた物にも身元が分かるような物は何も……」

渋い表情になる二人を余所に、男は「そこで！」と指を立ててミルドレッドに向き直った。

「ご領主様にお願いがあるんですよ！」

「な、何かしら……」

この状況で『お願い』となれば、内容は予想がつくが、一応訊ねる。

「俺をしばらくここに置いてくれませんか？　せめて、記憶が戻るまで。もちろん、ちゃんと働きますから！」

「まあ、そうなるわよねぇ……」

ミルドレッドは頬に手を当てて、はあ、と溜息を吐いた。血相を変えたのはライアンだ。

「ミル様、いけません！　こんな得体の知れない者をこの城に置くなんて！」

「でも、荷物だって土砂で流されてしまったんでしょう？　記憶もない、お金もない、っていう危なっかしい人を、このまま放り出すわけにはいかないじゃない」

言いながらミルドレッドが男に視線を向ければ、それを身体で遮るようにしてライアンが詰め寄った。

「だからといって――」

口から泡を飛ばさんばかりの美丈夫に、サッと掌を向けて黙らせる。

「ライアン。私はこのエヴラールの領主なの。私の領地で倒れた人を助けるのは私の務めよ」

その正論に、しかしライアンはなおも食い下がろうとする。

「こんな見るからに怪しい者をミル様のお傍になど置けるはずがありません！」

「何も私の傍に置くとは言ってないでしょう……」

「城内はお傍の範囲内です！」

ああ言えばこう言う、という問答を終わらせたのは、やはりギスランである。

溜息を吐きながら片手を振って、何か言おうとするライアンを遮った。

「ご領主の決定は絶対だ、ライアン。そんなに心配なら、お前が悪さをしないよう見張っていればいいだろう」

そのひと言で、ライアンはグッと口を噤まざるを得なくなった。

こうして、ミルドレッドは身元不明の男を雇うことになったのだった。

帰城した時よりも更に苦々しい顔になったライアンと、にこにこと笑みを浮かべている男を眺めながら、ミルドレッドは言った。

「じゃあ、そういうことだから――ええと、名前がないと不便ね」

「ご領主様がつけてくだされば！」

男がニコニコしながら言うので、ミルドレッドは少し考えた後言った。

「じゃあ……アレックスにしましょう」

なんとなく頭に浮かんだのは、ボールルームで見た歴代辺境伯の肖像画だった。

父の双子の弟である叔父の名がアレクサンダーなので、そこからもらったのだ。このエヴラールで拾った男に、エヴラールで朽ちることとなった叔父の名を付ける。なんだか運命じみたものを感じてしまうのは、自分だけだろうか。

ふとライアンを見れば、なんだか少し驚いたような顔をしている。

どうしたのだろう、と声をかけようとした時、男が恭しく頭を下げた。

「素晴らしい名前をありがとうございます、ご領主様！　このアレックス、御恩は一生忘れません！　どうぞ存分にお使いくださいませ！」

軽妙な口調で礼を言われ、ミルドレッドはクスリと笑う。どうにもお調子者な男だ。

「アレックス、記憶が戻るまで我が城で働くことを許します。職種など細かいことはライアンに任せるわ。基本的にあなたの上司だと思って、彼の言うことは聞くように。……ライアン、頼むわね」

そう言えば、ライアンはぐっと唇を引き結んだが、渋々といった顔で「御意」と受けてくれたのだった。

＊＊＊

こうして拾ったアレックスだったが、話しやすく物怖じしない性格のせいか、城の者たちにあっという間に馴染んでしまった。手先が器用なため、教えれば大抵のことはこなせるようで、厨房でも庭でも厩でも重宝がられているらしい。

そして意外なことに、ライアンとの相性も悪くないようで、ライアンはぶつくさと文句を言いながらも、基本的に傍に置いて仕事を言いつけている。

ライアンはミルドレッドの傍仕えなので、必然的にアレックスの姿を見ることも多くなる。

今も書類仕事の合間にと、お茶やお菓子ののったワゴンを運んで来てくれたのはアレックスだった。いつもはライアンが頃合いを見て侍女に指示を出してくれるのだが、今回はそうしなくてもアレックスが持って来てくれた。

「そろそろ休憩しようかなと思ってたの。ありがとう」

紅茶のカップを受け取りながら礼を言えば、アレックスはニコッと満足そうに笑った。

「いつもこのくらいの時間にライアンがお茶を出してますから、そろそろかなと思って」

「へえ」

ミルドレッドは感心する。周囲に目を配るのも得意なようだ。気が利く、というのだろうか。今日は汚れる仕事の予定はないのか、黒い礼服を着込んで執事のような恰好をしていた。誰かの物を借りているのか、少々ぶかぶかで身体に合っていない。

それでもちゃんとした恰好をすれば、執事と言われても信じてしまいそうだ。

「なかなか様になっているわね、アレックス。まるで本当の執事みたいよ」

器用というのは嘘ではないようで、渡された紅茶もいい香りがして、コクがあるのに苦くなく、ちゃんと手順を踏んで淹れられたものだと分かる。

「あなたって、何かを采配するような仕事をしていたんじゃないかしら」

これほどまでになんでもこなす上、目端も利くとなれば、それはもう天性のものではなく、訓練で身についた技術だろう。ミルドレッドがそう言えば、ライアンが溜息を吐いた。

「ミル様、つけ上がらせるようなことは仰ってはいけません」

「そう？　だってこんなになんでも上手にできる人なんて、そういないわよ」

「これは器用貧乏というのです。こいつは人の上に立って物事を采配するには性格が軽薄すぎます」

なるほど、とミルドレッドは頷いた。お調子者だと感じたアレックスは、それが女性限定で行き過ぎているというか、つまり非常に女性好きなのだ。城の侍女にもすぐに手を出そうとするようで、そのたびにライアンが鉄拳制裁を喰らわせて、事なきを得ているとのこと。ライアンの言い草にアレックスが口の端を曲げて文句を言う。

「ちょっとライアン、ひどくない？」

「事実だろう。女だけじゃなく、男相手でも鼻の下を伸ばす見境なしが」

なんだか面白そうな話題に、ミルドレッドは耳をそばだててしまう。

「え？　なあに、アレックスは男性も女性と同じように愛せる人なの？」

思わず興味津々で問いかければ、アレックスは焦ったようにブンブンと首を横に振った。

「違いますよ！　なにその誤解！　僕がいつ男相手に鼻の下を伸ばしたって言うんだ！」

「ボールルームで歴代の辺境伯の肖像画を見てポーッとしていただろう」

ライアンの指摘に、アレックスは一瞬ポカンとした顔になったが、やがてハッとして目を剝いた。

「違う！　あれは、あの中に妙に気になる顔の男性がいたから……！」

言ってしまってから、自分の発言が大いに誤解を生む内容だと気づいたらしく、アレックスは再び大慌てで首をブンブンとさせる。

「違う！　違います、ミル様！　あの肖像画の中に、やたらと線の細いきれいな男性がいるじゃないですか！　あの人の顔に、なんだか親近感というか、既視感というか、そういうものを感じて、何か記憶に繋がるんじゃないかって思って見てただけなんです！」

言い訳をしているのか疑惑を深めているのか分からない発言だったが、ミルドレッドはそれ以上掘り下げるのはやめてあげることにした。

「それはきっと、私の叔父様だわ。女性のような中性的な方よね」

アレックスは話題が変わったことに安堵した様子で頷いた。

「そう、そうです。ミル様の叔父様なんですか。そういえば、似ていらっしゃいますね」

「そうかしら。でも、父の双子の弟だったから、似ていてもおかしくはないわね」

父と叔父は顔のパーツは同じなのに、あまり似ているという印象がない。そしてミルドレッドも同様に、父と同じパーツなのに似ているとは言われないのだ。

不思議な共通点だな、と考えていると、アレックスが艶やかな笑みを見せた。

「もちろん、ミル様の方がずっとかわいいですよ」

（……こういうところが、見境がないとライアンに言われる所以なのでしょうね……）

だがそういう甘い言葉は、ライアンによって免疫ができているミルドレッドである。免疫がつきすぎて、異性からの甘い言葉にまったくドキドキしなくなっているのは、少しどうかとは思うが。

（まあ、ライアンのは、私にだけみたいだから……）

ライアンがアレックスのように他の女性にまでこんなことを言っていたら、嫉妬で胸が張り裂けてしまいそうだ。

ミルドレッドの内心を知らない二人は、またも丁々発止の言い合いを始めている。

「ミル様のお耳を貴様の与太話《よた》で汚すな」

「女性を褒めてるだけだろう？　君の方こそちょっとは僕を見習った方がいいよ」

「朴念仁《ぼくねんじん》は女性に嫌われるよ？」

「なんだと？」

ミルドレッドは紅茶を啜りながらその様子をのんびりと眺めた。この光景にももう慣れたものである。一種の定型美すら感じてしまうほどだ。

アレックスは記憶喪失というせいもあるのか、あまり身分を気にしない性質らしく、ミルドレッドには一応の敬語を使うものの、上司であるライアンにはずいぶんと軽い口調である。最初は青筋を立てて叱りつけていたライアンも、あまりに変わらないので叱るのも面倒になったのか、注意することもなくなったようだ。

「まだ記憶は戻らないの？」

ここに来てもう一週間になる。医者の話では、頭を打ったことで一時的な健忘に陥ることは珍しいケースではなく、しばらくしたら思い出すことがほとんどだそうだ。だがその「しばらく」が人によって違うようで、数日で思い出す者もいれば、数年かかる場合もあるとか。

ミルドレッドの問いに、アレックスは申し訳なさそうに肩を竦めた。

「すみません。ご厄介になっているのに」

「いえ、それはいいのだけど……。でも、不安にならない？　自分のことが思い出せないなんて」

自分だったらきっと不安でどうしていいか分からないだろうと思うのに、アレックスは実に飄々としていて、毎日を楽しんですらいるように見える。

「不安になってても仕方ないんで。まあ、現状が、飯が食えて、温かい寝床があってと、何の不満もないからですかね？」

ケロリとした顔でそんな答えが返ってきて、思わず噴き出してしまった。

「なるほど。でもまあ、あなたのご家族は心配しているでしょうから。早く何か思い出せたらいいわね」

当人が能天気に城の仕事を楽しんでいるから忘れがちだが、彼にも家族があるだろう。もし結婚していて奥さんや子どもがいたなら、きっと半狂乱になって探しているに違いない。そう思うと気の毒でならない。

だがミルドレッドの言葉に、アレックスはピンと来ない様子で首を傾げた。

「はあ、家族ですか……」

「そんな他人事みたいに……。あなたにだって家族はいるでしょうに」

うーん、と唸りながら、アレックスはポリポリと頭を掻く。

「まあ、そうなんですけど。ああ、でも、誰かを探していたような気は、たまにするんですよ。なんとなく、二十歳そこそこの女の子を見ると、目で追っかけちゃうっていうか」

「それはお前が若い女が好きなだけだろう」

話が終わる前に被せるようにライアンが突っ込んだ。アレックスが「ひどい！」と抗議しているが、ミルドレッドもライアンに完全同意だ。

やれやれと思いつつティーカップをソーサーに戻すと、スッと焼き菓子ののった皿を差し出される。

「あら」

ミルドレッドは喜びの声を出した。皿にのっていたのは、イチジクとカスタードクリームのタルトだ。サクサクのクッキー生地にラム酒漬けにした乾燥イチジクを混ぜ込んだアーモンドクリームを詰めて焼き上げ、冷めてからカスタードクリームを絞り、生のイチジクと泡立てた生クリームを飾るという、非常に手の込んだお菓子だ。面倒なので、料理長の手が空いた時にしかお目にかかれない、贅沢な一品なのである。ミルドレッドの大好物だ。

「ミル様、これお好きですよね。料理長に言って作ってもらいました」

アレックスが得意げな顔で言うので、驚いてその顔を見上げる。

「あの料理長がよく作ってくれたわね！　私がお願いした時は、『時間があったら』ってはぐらかされたのに！」

この城の料理長は、腕は非常に良いが、基本的に気まぐれで面倒臭がりなのである。たとえ主の願いでも、そう簡単にハイと言わない。とはいえ、もう七十歳を間近にしたおじいちゃんなので、無理も言えないミルドレッドである。

するとアレックスはバチンとウインクをして言った。

「ちょっと買収をね」

「買収」

「料理長のお孫さんが、街の子どもたちの間で流行っているコマを欲しがってると聞いたんで、良く回るコマの作り方を教えたんですよ。代わりに、イチジクのタルトを、って言ったら二つ返事でした」

ミルドレッドはすっかり感心して溜息を吐く。なんとしたたかなことか！

「あなた、どこでも生きていけそうね！」

その感嘆に、アレックスは大きく眉を上げた。

「どうやら僕、生活力はあるみたいですよね。要領の良さみたいなものを自分でもすごく感じますし。多分、世界中どこに行ってもそれなりにやれるという変な自信はあるんです」

「すごいわねぇ」

ミルドレッドは心から言った。王宮にいた頃は、要領の悪さでは右に出る者はいないとされたミルドレッドである。アレックスのようになんでも簡単にこなす能力というのは、喉から手が出るほど欲しいものだった。

（アレックスみたいにできたら、私もちょっとは違っていただろうか）

母妃はあれほど自分を厭《いと》わず、父王も自分に振り向いてくれただろうか。そして辺境伯に臣籍降下などさせられず、もしかしたらライアンとの結婚も許されたのかもしれない。

その幸福な世界を妄想しかけて、ミルドレッドは小さく首を振る。

幼い頃には、何度となくした遊びだ。『もしお母様が私を好きになってくれたら——』。そうやって自分を慰めた。だがそのたびに、変わらない現実を突きつけられて、更に絶望させられるばかりだった。

ばかげている。そんなもしもの世界を思い描いて何になるのか。現実は、ミルドレッドは要領の悪い『おばか姫』で、母妃には憎まれ、父王には存在をないことにされている。

（なにより、ライアンは、私を愛してはいない——）

仮に両親に愛されていたとしても、ライアンは自分を愛してはくれないだろう。

ライアンが傍にいてくれる大きな理由の一つが、彼を庇って負った背中の火傷だ。母妃に愛されていれば、この火傷を負うこともなかったはずだ。であれば、いくら乳兄弟であっても、優秀なライアンはミルドレッドの傍を離れ、彼に相応しい道を歩んでいるだろう。

そうなれば、彼の中にミルドレッドが入り込む隙などありはしない。

だから自分は、この現実を受け入れて生きていくしかないのだ。

そう分かっているから、いつの頃からか、無為な妄想をすることはなくなったのに。

もしも、を考えさせる原因となったアレックスを、ちょっとだけ恨めしく見つめる。

その凝視を好意的なものだと勘違いしたのか、アレックスがいたずらっぽく笑った。

「どうです？　ミル様。こんな大変な仕事ばっかりの辺境伯なんか辞めてしまって、僕と一緒に世界中を巡りませんか？　どこでも生きていける僕です。苦労はさせませんし、きっとすごく楽しいですよ！」

アレックスはどうやらものすごく自由人らしい。辺境伯を辞める、なんて発想がそもそもなかったミルドレッドは、目をぱちくりさせた。

「せ、世界中を巡る？」

「そうですよ！　まだ行ったことのない場所へ行って、見たことのないものを見るんです！　すごくワクワクしませんか？　辺境伯なんて、ここにずっと籠っていなきゃいけなくて、つまんないじゃないですか！」

「うーん……そうねぇ」

勢い付いて、辺境伯を辞めて一緒に世界周遊することを勧めてくるアレックスに、ミルドレッドは苦く笑いながら首を傾げる。そもそも現実的ではない話なので、まともに相手をするつもりはない。だがそれにしても、とチラリとライアンを見遣った。アレックスのこの天衣無縫《てんいむほう》とも言える発言に、いつもならすかさず叱りつけるライアンが、黙ったままでいることが不思議だった。ミルドレッドの視線の先に気づいたのか、アレックスもまた怪訝そうな顔で彼を見た。

「なんか、ライアンが静かだから不気味……いつもだったら『下らんことを言うな！』とか言って怒鳴りつけてくるくせに」

アレックスの言葉に、ライアンは肩を竦めてサラリと言う。

「ミル様がそうなさりたいなら、俺に否やはない」

あまりにアッサリと告げられたその内容に、ズキリ、と胸が痛んだ。

(――そう……そうよね。私が辺境伯じゃなくなったら、ライアンだって、自由になれるもの……)

王族ではなく、そして辺境伯ですらなくなったミルドレッドは、ただの人だ。貴族であるライアンが仕える理由などなくなるのだから。おまけに、辺境伯という職を失えば、ミルドレッドは彼に給金すら払えないだろう。

(もしかしたら、ライアンは私から自由になることを望んでいるのではないかしら)

乳兄弟という立場から、彼の意志とは関係なく、幼い頃からミルドレッドの面倒を見させられ、その上罪悪感で縛り付けられた主従関係。優秀な彼にしてみれば、煩わしい枷《かせ》だろう。心の奥底で、本当は解放されることを望んでいたとしてもおかしくはない。

(――ああ、また、嫌なことばかり考えている)

ぐるぐると否定的な考えばかりが頭を巡っていることに気がつき、ミルドレッドは意図してそれらを追いやった。

だがアレックスは、目を丸くしてライアンを問い質す。

「えっ。なになに？　じゃあミル様が辺境伯を辞めちゃって、僕と世界周遊の旅に出るって言っても、別にいいってこと？」

わざわざ具体的に確かめるようなことを言うアレックスに、ミルドレッドは舌打ちしたい気分だった。

まるで傷口に塩を塗られる気分だ。

「ミル様が望むならば、だ。俺はミル様の選択に従うだけだ」

静かな口調で言うライアンの表情は穏やかで、まったく揺らぐ様子などなかった。

その沈着さに、ミルドレッドは泣きたくなる。

従うだけだ、と言い切った彼に、虚しさが心に漂った。

（ライアンにとって、私はあくまで『主』……）

それ以上でもそれ以下でもない。つまり、あるのは『忠誠』と『親愛』だ。分かっていたはずの事実を、これでもかと目の前に突きつけられた気がして、そっと唇を噛んだ。

彼に抱かれる毎日の中、その仮初《かりそめ》の幸福にすっかり感覚が麻痺してしまっていたらしい。

ライアンはまるで恋人にするように、優しく、情熱的にミルドレッドを抱くから、自分でも気づかない内に、もしかしたら、と期待をしていたのだろう。

(ライアンが私を抱くのは、肉欲から。そう分かっていたはずなのに)

哀しく自嘲を零し、ミルドレッドはケーキの皿を机の上に置いた。大好物のタルトなのに、味がよくわからなかった。

ぎゃいぎゃいとまだ文句を言っているアレックスを放置して、ライアンがミルドレッドに向き直る。

「ミル様、警備軍から炭鉱労働者組合の契約書が届いております。内容を確認しましたが、全て妥当かと。ミル様の調印があれば、例の土砂崩れの整備作業を開始できるということです」

どうやら休憩は終わりのようである。ミルドレッドはギュッと瞼を閉じ、そして開く。

これが現実だ。夢など、夢でしかないのだ。

(現実を受け入れなさい、ミルドレッド)

そう気合を入れ直すと、再び領主の仕事に精を出したのだった。

第四章

アレックスがこの城にやって来て十日ほど経過したある朝。

土砂崩れを整備してくれていた採掘業者が城にある物を持ってやって来た。

「土砂崩れの現場からかなり下りた場所だったんですがね、土砂がどこまで流されたのかを調査している時に見つけまして……」

渡されたのは、銀細工で作られた双頭の鷲《わし》の意匠が施されたネックレスだった。

「これは……」

ミルドレッドは目を丸くした。双頭の鷲はこの王国の紋章である。双子の神メテルとナユタが生まれた地ナダルを、双頭の鷲にたとえたのだと言われている。

つまりはナダル王家の紋章であり、ナダル王の印章もこれを使用している。王族でも直系の者でなければ双頭の鷲を意匠に使うことはできない。それほど神聖視されているものなのだ。銀製品という価値の高い物でありながら、盗まれなかったのも頷ける。

この国で双頭の鷲を扱った装飾品など、どう考えても盗品か、出自の怪しい物でしかなく、売ったとしても下手をすれば治安部隊に捕まってしまうような代物だ。

「届けてくれて礼を言います。ありがとう。これは私が責任を持って陛下にお返ししておきます」

そう言って、礼金を渡すようにライアンに目で促せば、心得たように頷いて、採掘業者を伴って退出していった。元王女であるとはいえ、長兄が既に立太子していて、王位とは程遠い立場にあったミルドレッドは、もちろん触ったことすらなかった。父王か長兄しか触れることを許されなかったその意匠が、自分の掌の上にあることを不思議な気持ちで眺めた。泥まみれだったろうに、洗って磨いてくれたのか、二つの鷲の頭はピカピカと光っている。鷲の目には、青白い光を放つ石が嵌め込まれている。月長石だろうか。

「盗品かしら……？」

王家から盗まれたのだろうか、という疑問に、戻って来たライアンが答えた。

「俺が王立騎士団に在籍していた時までは、王家の宝物庫で管理している紋章入りの品々が盗まれたという話は上がっていませんでした」

主に王族と王宮の警護を担う王立騎士団の団長であったライアンが言うのだから間違いはないだろう。ライアンが役職を離れてから盗まれたのだろうかとも思ったが、彼がエヴラールに来てからまだひと月ほどだ。その間に起こった盗難だということだろうか。

「それも、どうしてこのエヴル山なんかに落ちていたのかしら……？」

「盗んだ者が落としたのか……。国境ですから、国を越える予定だったのかもしれませんん」

「ああ、別の国でなら売れるかもしれないから……」

言いながら、ミルドレッドは「うーん」と唸ってしまった。

これは金ではなく銀細工だ。確かに貴重ではあるが、このネックレスを売ったところで、せいぜい庶民が半年働かずに暮らせる程度の金にしかならないだろう。王家の宝物庫から盗むという危険を冒し、国を跨いで売りに行かなければならないような手間をかけるほどの価値があるとは思えない。二人で首を捻っているところに、ノックの音が響く。

「ギスランです。砦より戻りました」

「入って」

ギスランはこれまでの職歴のせいか、やはり軍隊の中の空気が肌に合うようで、土砂崩れの案件にかこつけミルドレッドの名代として、このところ砦に出入りしている。入ってきたギスランは、出て行った時よりも少し髪や衣服が乱れていた。きっと砦の連中に強請られて剣の指南やら模擬試合やらをしてきたのだろう。顔が活き活きとしていて、非常に分かりやすい。ギスランは二人が神妙な顔をしているのを見ると、白い眉を上げて近づいてくる。

「どうかなさったのですか」

「これを見て」

ミルドレッドは掌のネックレスを差し出した。

ギスランは何気なくそれを覗き込んで、次の瞬間ハッとした表情で唸り声を上げた。

「これは……！」

てっきり双頭の鷲に気づいての反応かと思ったが、少し違ったようだ。

ギスランは難しい顔で「少しよろしいですかな」と断ってネックレスを手に取った。

懐から老眼鏡を取り出してかけ、双頭のモチーフを指先で摘まみ上げ、じっくりと観察している。ミルドレッドは驚いたが、黙ってそれを見守った。ギスランがこれについて何かを知っているようだと思ったからだ。やがて満足したのか、ギスランはそれをミルドレッドの手にそっと返し、ライアンを見た。

「これはお前が？」

「いえ、土砂崩れを整備していた採掘業者が、現場より下った場所で見つけたと、先ほど持ってきたのです」

ライアンが首を横に振って否定すれば、ギスランはスッとその目を眇める。

「エヴル山で？　どうしてそんな場所に、これが」

訝しげに眉根を寄せる様子に、ミルドレッドは我慢できずに訊ねた。

「……これを、知っているの？」

その問いに、溜息を吐いてギスランは頷いた。

「これは……アレクサンダー殿下の物と思われます」

「……えっ？」

父の双子の弟であるアレクサンダーの名が出てきて、ミルドレッドは目を瞬いた。だが叔父は双子とはいえ弟で、王家の傍系だ。その上辺境伯となって王位から外された人物である。双頭の鷲の意匠は、直系の男子にのみ使用を許されるのではなかったか。

ミルドレッドの内心の疑問を正確に把握したのか、ギスランが困ったように笑った。

「これは、前王の許可を得て、陛下とアレクサンダー殿下がお生まれになった折に、前王妃がお守りにと両殿下に贈られたものです。儂が前王妃より依頼を受け、職人に作らせましたから、よく覚えております」

「あ……」

なるほど、と頷いた。ミルドレッドにとって祖母である前王妃はギスランの娘だ。つまり父と叔父にとってギスランは外祖父となる。前王妃の実家であるギスランの家にそういった依頼があってもおかしくはない。

「双頭の鷲はこの国の象徴とはいえ、王と王太子にしか持てない意匠だと分かっていたのですが、前王妃は双子であるのに上下をつけたくはないと仰いましてな。前王と相談の結果、公には出さぬ物として、内密に両殿下に同じ物を贈られたのです。王家において双子は、過去に凄惨な事例もありましたゆえ、過敏になっておられたのでしょう」

「そうだったのね……」

ナダル王家では、双子はあまり良いものとはされない。同性の双子であればさほどではないが、異性の双子は特に忌むべきものとされるのだ。

同腹の双子は権力を二分し、政治に混乱をきたす可能性があるから、ここ以外にも厭忌《えんき》する国はある。だがこのナダル王国においては、理由はそれだけではない。

建国史に記載されている神話にその理由がある。この王家の始まりとされる神が双子で、男神メテルが、女神ナユタを下した結果、この国が生まれたという神話である。それ故、双子——特に男女の双子は混乱をもたらすとされ、生まれた王女は殺されてきたという過去があるのだ。

前王妃が産んだのは双方とも男児であったとはいえ、産んだ母にしてみれば差をつけることで死に繋がってしまうのではないかという、漠然とした不安があったのかもしれない。

「鷲の目に石が嵌め込まれてあるでしょう？　これは月長石を使っているのですが、もう一つのものには日長石を使っています。この王国の太陽と月となるようにと」

昼に輝く太陽と、夜を照らす月——どちらもなくてはならないものとされている。

「では、これは叔父様の物で間違いないのね」

ミルドレッドの問いに、ギスランが頷いた。

「そっくり同じ物が作られていなければ、ですが。だが、同じ職人でなければここまでの物は作れないでしょうし、あの職人はその後間もなく鬼籍《きせき》に入っています。またアレクサンダー殿下の秘された私物として王家の管轄外とされた品ですから、失われていたとしても、気づかれないかと」

「そうだったのね……」

ミルドレッドは手の中のネックレスをしげしげと眺める。

とすれば、これはミルドレッドの祖母が、自分の息子たちを想って贈ったお守りの品だ。その甲斐なくと言ってしまえば物悲しいが、叔父はエヴラール辺境伯となってすぐ、二十歳になるかならないかで亡くなってしまった。

「それがどうして、エヴル山の中で見つかったのかしら……？」

首を捻るのはそこである。叔父亡き後、父の従兄がエヴラール辺境伯としてこの城に入ったが、その時に紛失したにしても、今のタイミングで見つかるのはなんだか突拍子もない気がする。これにはライアンもギスランも答えを持ち合わせていないらしく、三人で腕を組んで考え込んでいるところに、再びノックの音が聞こえた。

ミルドレッドが「どうぞ」と応じれば、ドアから姿を現したのはアレックスだった。

「ミル様、そろそろお茶を……」

いつの間にかミルドレッドにお茶を運ぶ係を任されてしまったのだろうか。当たり前のように甘い焼き菓子の匂いをさせたワゴンを押している。

ちょうどいい、とミルドレッドは息を吐いた。考えが行き詰まったので、少し休憩を挟もう。闖入者《ちんにゅう》に文句を言わないところを見ると、他の二人も同意見だったのだろう。

アレックスはミルドレッドとライアンの他にギスランの姿も見つけると目を丸くした。

「やや、ギスラン様も戻っておられたのですね！　ならばもう一度カップを……」

どうやら人数分の用意がなかったのか、慌てて取りに戻ろうとするのを、ギスランが手を上げて制した。

「ああ、よい、アレックス。儂は必要ないから、ミル様にお茶を」

「そうですか？　ならば……」

アレックスはペコリとお辞儀をすると、ワゴンを押しながら傍までやって来ていそいそとお茶の用意を始める。なかなか手際のよい様子にギスランが微笑ましそうに目を細めた。

「まだ日も浅いのに、ずいぶん慣れたものだな、アレックス。どうだ、記憶は戻りそうか？」

「いえ、それが……申し訳ないです。ご厄介になっているから、なるべく早く思い出したいんですけど」

ライアンにまで対等な口をきくアレックスだったが、人生の先達であるギスラン相手ではそうはいかないらしく敬語を使っているのが妙におかしい。

「そうか。何かきっかけのようなものがあればいいのかもしれんなぁ」

「きっかけですか……うーん……」

顎に手を当てて考える素振りをするギスランを見ながら、アレックスがカップに注いだ紅茶をミルドレッドの前に置いてくれる。

「ありがとう」

「いえ……あれ、ミル様、それ……」

アレックスが呟いた。何気なく彼に目を向ければ、愕然と目を見開いた表情で、ミルドレッドの掌の上のネックレスを凝視している。

「それ……それ……！」

急に呻くように繰り返すと、アレックスは両手で頭を押さえた。

「え……なに？　どうしたの、アレックス？」

大袈裟な様子に、また冗談だろうと最初は笑いかけたミルドレッドだったが、不安になってアレックスに手をのばす。その手をアレックスがガシリと摑んだ。だが摑んだ瞬間、逆方向から飛んできたライアンの手刀によって叩き落とされる。

「気安くミル様に触れるな」

毎度同じようなやり取りを繰り返すこの二人は、よく飽きないものだ。

内心呆れながらも、様子のおかしいアレックスに声をかけた。

「どうしたの、アレックス。大丈夫？」

けれどアレックスは心配する声には応じず、ミルドレッドの持つネックレスを指さして、やや茫然と呟いた。

「ミル様……僕、そのネックレス……僕のです」

「ええ!?」

目が点になるとはこのことだろうか。これは今し方ギスランによって、亡き王弟である叔父の物だと証明されたのだ。素性の知れないアレックスの物とは言い難いだろう。だがもしこれが盗まれたのだとしたら、その窃盗にアレックスが関与しているということだろうか。冷や汗の出る想像にゴクリと唾を呑んだ時、アレックスがこちらをまっすぐに見た。

「思い出しました、ミル様。僕が何者なのか」

「ええっ!?」

ミルドレッドは二度仰天した。王家の紋章を意匠にしたネックレスを自分の物だと言い、更に記憶が戻ったと言う。目まぐるしい展開にひたすら驚かされる。

「そのネックレスは、亡くなった母の物です」

「はあ!?」

もう何が何だか分からない。混乱するミルドレッドに、アレックスは静かに語り出した。

「僕の母は高級娼館の売れっ子娼婦だったんですよ。十七歳で僕を身ごもったんですが、娼婦という商業柄、父親が誰かは分からなかったようで。まあ、よくある話です」

ケロリと言われ面食らってしまったものの、話の先が知りたくてミルドレッドは聞き流した。高級娼婦がどうしてこのネックレスを持つことになったのだろう。

「僕が五つの時に、母がまた子どもを身ごもりましてね。だが僕の時と違って、その相手はハッキリしていた。金払いのいいお貴族様が、母のことを年単位で買い上げていた時期でしたから。大金を払えるくらい執着しているなら、身請けしてくれればいいんじゃないかって子ども心に思ってましたけど、妓《ねえ》さんたちの話じゃ、できない事情があったらしいとかで。まあ、妓さんたちもその貴族に関して詳しいことは分からないみたいでしたが」

身振り手振りを交えて語るアレックスの様子は、まるで劇場の役者みたいだな、と思ってしまい、こっそりと笑みを噛み殺す。

「子どもから見ても、そのお貴族様は母にベタ惚れで、母の方も幸せそうにしてたんで、僕としては一緒になってくれればなって思ってました。でも、妹を産んだ時に母は死んでしまって。生まれた妹は、そのお貴族様が引き取っていきました」

「じゃあ、あなたには父親違いの妹がいるってことね？」

ミルドレッドが確認すれば、アレックスは「そうですそうです」と首を振った。

「まあ、それっきり会ったことがないから、生き別れってことになるんですけど。それで、その娼館がなくなることになりまして。その時に、女将からこのネックレスを渡されたんです。母の形見だからって。なんでも、あのお貴族様に母がもらった物だそうで」

「！」

ようやくネックレスと話が繋がって、ミルドレッドは瞠目した。ドキドキと心臓が鳴った。もしそれが本当なら――。そう妄想しかける横で、アレックスはまだ滔々と話を続けている。

「そんなわけで、店もなくなったし、自由になった時に、妹に会いに行こうって思い立ったんです。お貴族様といっても、手がかりはこのネックレスだけ。僕も一応調べてみたんですが、この頭が二つある鷲の意匠って、この国じゃ王様しか使えないんでしょ？　でも王様がわざわざ娼館なんかに通ってくるわけないじゃないですか。だからもしかしたら、外国の貴族だったのかもしれないと思って、物見遊山《ものみゆさん》がてら、隣国へ行ってみようって思ったんです。そして国境を越えようとエヴル山に登って――」

「登ったところで、あの土砂崩れってわけね……」

話の終わりを引き取ってミルドレッドが言えば、アレックスはにっこりと笑った。

「その通りです」

息を詰めるようにして話に耳を傾けていたミルドレッドは、はーっと深い溜息を吐いて椅子の背凭《せもた》れに身体を預ける。

「分かったわ。とにかく、記憶が戻って良かった。あなたもまだ混乱しているでしょうから、少し自室でゆっくりしてきたらいいわ。……あと、このネックレスだけど、少し調べたいことがあるから、しばらく私に預けておいてくれるかしら？」

そう訊けば、アレックスは特に疑問を抱かなかったようで、微笑んで首肯し、部屋を辞した。ドアが閉まり、足音が遠ざかるのを確認して、ミルドレッドは残った二人にぐるりと向き直る。

「――どう思う？」

「一応の辻褄は合っているように思えましたが……」

ミルドレッドの言わんとすることを正確に把握したライアンが答えた。

「じゃあ、アレックスの母親の相手の貴族男性が――アレクサンダー叔父様ってことになるの……？」

「そこはまだなんとも……。ですが、その娼館とやらも既にないようですし、そこの妓女たちもちりぢりになっているでしょうし……裏を取るのはなかなか至難の業かと」

ライアンも困ったように眉根を寄せている。

確かに、アレックスの言うことが嘘とも本当とも取れない状況だ。

「でも、叔父様のこのネックレスは、本物なのよね……？」

確認するように握っていた手を開けば、銀の鎖がシャラリと音を立てた。

月長石を嵌め込んだ、双頭の鷲。王族以外持つことを許されない意匠であることや、非常に特徴のある代物であることを考えると、やはりこれは叔父の物なのだろう。

証人であるギスランを見遣れば、非常に難しい顔をして腕を組んでいた。

「ギスラン？」

「――ええ。確かにそれは本物です。アレクサンダー殿下の物で間違いありません」

答えに一瞬間があったような気がしたが、ミルドレッドの意識はその先に飛んだ。

もしアレックスの話が本当ならば、辺境伯であった亡くなった叔父には、愛する女性がいて、その女性との子どももいたということだ。アレックスは、妹だと言っていたか。

（結婚してはならないエヴラール辺境伯に、娘が……）

きっと叔父がその女性を身請けしなかったのは、自分が結婚できない身だったからだ。

聖職とされるこの地位で、女性の影があってはならないから。

（なんて切ない恋だったろう――）

恋をしてはいけないと分かっているのに抗うことができない想い。それはちょうど、ライアンへの想いを断ち切れずに、彼を束縛している自分の恋と重なってしまう。

身請けすることもできないのに、彼女を諦めきれず娼館に通い続けて、子までなした叔父に、猛烈な憐れみを覚えた。

「その子は、どうなったのかしら……」

ミルドレッドは我知らず呟いた。

そうだ。叔父が引き取ったという、その娘。彼女はどうなったのだろう。アレックスの五つ――いや、六つ年下ということになるから、恐らくミルドレッドと同年代だろう。この城ではそんな令嬢は見たことがない。ならばどこかで密かに育てられているということか。或いは、もう既にどこかへ嫁いでいるかもしれない。

(会ってみたい)

無性にそう思った。会ったことのない叔父だったのに、このエヴラールに来て少し親近感が湧いた。元々同じような境遇だったが、同じように切ない恋をしていたのだと思うと、彼のことをもっと知りたいという欲が出てきた。

「探しましょう、叔父の娘を！」

とてもいい考えだと思い、笑顔で発した言葉に、待ったをかけたのはギスランだった。

「お待ちください、姫様。まだあの男が言ったことが本当かどうかなど分かりません。嘘だとしたらどうするのですか」

渋い顔で苦言を呈され、ミルドレッドは高揚していた気分に水を差された気分になる。

「だって、ギスランだってこのネックレスは本物だって言ったじゃない」

「だからこそ、です。あの男がそれを盗んだ者だったらどうするのです。何か企んでこの城に入り込んだのだとすれば――」

「企むって、何を？」

ミルドレッドが口を挟むと、ギスランはぐっと言葉に詰まった。

「それは——まだ分かりませんが。ですが、記憶喪失のふりをして領主の家に入り込んだのだとしたら、良い目的であるとは考えにくい。あの男の話を真実だと断定するのは早計です。まずは何を企んでいるのか暴くのが先かと」

ギスランはミルドレッドに諭すように言いながら、なぜかライアンを睨みつけている。

先ほど、アレックスの話に『辻褄が合っている』と言ったことを咎めているのだろう。

ライアンはしれっとその視線に気づかないふりをしているが。

ともあれ、育ての親も同然のギスランには強く口応えできないミルドレッドである。

ほんの少し唇を尖らせながらも、「わかったわ」と了承の言葉を口にしたのだった。

＊＊＊

ミルドレッドの部屋を辞して、自室に向かっている途中で、厳しい声に呼び止められた。

「待て、ライアン」

当然そうなるだろうと思っていたライアンは、口元に笑みすら浮かべて祖父を振り返る。

「なんですか、爺様」

祖父は案の定、盛大に眉間に皺を寄せた顔で、大股でこちらへ向かって歩いてくる。

「お前、あれは——あれは、どういうつもりだ」

「あれとは？」

呆けてみせれば、祖父の額にビキッと青筋が立った。

（おっと）

これはいけないと、ライアンはすぐに諸手《もろて》を挙げて引く。

「冗談ですよ」

この祖父はさすがに元王国軍総司令官の職に就いていただけあって、古稀《こき》を過ぎてなお、尋常ではないほど壮健《そうけん》だ。その本気の拳を喰らえば、いかに鍛え抜いたライアンといえどただでは済まない。祖父でもあるが、師であることの方が長いこの老人が、弟子に容赦がないことは嫌というほど分かっている。

七十を過ぎた爺なのだから、もう少しヨボヨボしていてくれればありがたいのだが。

「ここではなんですから、どうぞ」

自室のドアを開けて促せば、鋭い眼光でねめつけながらも従ってくれた。

部屋に入るなり不機嫌そうにドサリとソファに身を預ける祖父に苦笑いしつつ、キャビネットから蒸留酒の瓶を取り出し、琥珀色の液体をグラスに注ぐ。

グラスを二つ手にし、一つを祖父に手渡せば、ジロリと睨みつけられてから、引ったくるように受け取られた。ライアンはいよいよ苦笑いして、自分の分のグラスを掲げる。

「乾杯」

「何が乾杯だ、クソ坊主！」

即座に悪態を吐かれた。

「いや、一応礼儀かと思ったのですが」

「お前の口から礼儀なんて言葉が出るのが甚《はなは》だ遺憾だ！」

吐き捨てるように言って、ギスランはグラスを呷って一気に中身を飲み干した。かなり酒精が強い酒なのだが、さすが、豪快である。

これは何をやっても怒られるな、とライアンは肩を竦める。

「お怒りですね、爺様」

「怒らいでか、たわけ！　お前、あの男をどこで拾ってきた！」

「エヴル山の土砂崩れの中からですよ」

ご存じでしょう？　と笑えば、ブン、と豪速で拳が飛んできた。

「おっと」

首を傾げて避ければ、すぐさま胸倉を摑まれる。この苛烈さ、この俊敏さで七十六歳。とても同じ人間とは思えない。

(我が爺ながら化け物だな、相変わらず)

半ば呆れる気持ちで、自分そっくりのギラギラとした金色の眼を見つめた。

「いい加減にふざけるのはよさんか、小僧！　あの男を仕込んだのはお前だろう。思えば、土砂崩れが起きた前の晩、どこかへ出かけていたな」

「さすが爺様、記憶力も衰え知らずだ」

ニヤリと口元を歪めれば、バシン、と平手で側頭部を叩かれる。平手なのにすごい衝撃で、かなり痛い上に一瞬脳が揺れた。

「減らず口を閉じろ、クソ坊主！　あのネックレスがあんな場所に落ちているはずがないだろう！　そもそも他ならぬお前が――」

「俺が、預かりましたからね」

ギスランの言葉に被せるように言えば、ジロリと睨まれる。

「何を企んでいる」

その問いに、ライアンは皮肉げな笑みが込み上げた。胸倉を掴んだギスランの手を振り払い、持ったままだったグラスの酒を呷った。強い酒精が喉を焼く。麦芽《モルト》の匂いを味わう間もなく、せせら笑いを鼻から吐き出した。

「あの方に罪はありますか？」

ライアンの問いに、ギスランの金の瞳がたじろいだ。

「犠牲者は誰です？」

犠牲――そう、まさに犠牲だ。純粋で清廉なものが、醜悪な罪を覆い隠すために、手折られて棄《す》てられる。

「なぜ、犠牲にならなくてはいけないのですか？」

ふつふつと怒りが込み上げてきた。ずっと抑え込んでいた怒りだ。決して外には出さないよう、蓋をして閉じ込めていたその怒りは、蓋の下で煮え滾り大蛇が蜷局《とぐろ》を巻くように、解放される時を待っている。ややもすれば荒れ狂いそうになる衝動を抑えようと、持っていたグラスを握った瞬間、パン、と音を立ててそれが割れた。

自分が思っているよりも、感情的になっているようだ。力の加減ができていない。

「ライアン」

祖父の声が、宥めるようなものに変わっていた。

「爺様。俺はあの方を解放したい。ずっとそう思ってきました。それは、いけないことでしょうか」

それは「弟子」としてではなく、「孫息子」としての問いだった。

沈黙が落ちた。祖父が葛藤しているのが分かる。彼はこの王国を守ってきた。その身の内側に多くの秘密を抱えて、今ここに立っている人間だから。

割れたグラスで切ったのか、ライアンの手から赤い雫が零れた。パタパタと絨毯の上に落ち、黒い染みを作っていく。これだけ血が出ているのだから、それなりの深さで切ったはずだが、痛みをまったく感じなかった。

祖父は何と答えるだろう。その答え次第では、この目の前の肉親を消さなくてはならない。それは当初から想定していたことだった。もしそうなれば、恐らくライアンとて無事では済まない。ギスランは手練れだ。だが、今の自分ならば勝てる。欲しいものを得るためなら、身内であろうとこの手にかけることに躊躇いはなかった。

（――しかし、ミル様はきっと悲しむだろう……）

そう思うと、できることならしたくない。ライアン自身も、この祖父を敬愛していた。

張り詰めた長い間の後、ギスランが深い溜息を吐いた。

「――分かった。儂は、お前に協力しよう」

ほ、と息が漏れて初めて、自分が呼吸を止めていたことに気づいた。

「……ありがとう、爺様」

百人力だな、と冗談のように言えば、ギスランもばかめ、と笑う。

「それで？　詳しい話を聞かせてくれ」

祖父の促しに、掌が急にズキズキと痛み始めたのを妙に生々しく感じながら、ライアンは口を開いた。

「つまり――――」

第五章

ミルドレッドは自分の寝室の本棚から、本を取り出してはパラパラと捲《めく》り、それをまた戻すという作業を繰り返していた。先日、アレックスが記憶を取り戻し、その話を聞いてからというもの、叔父について知りたいという欲求は大きくなるばかりだった。

何か少しでも情報はないだろうかと、こうして一人、自室の本棚や執務机などを探っているのである。

(ここは歴代のエヴラール辺境伯の寝室だもの。何か残っていてもおかしくないわ)

叔父と自分の間に、父王の従兄が辺境伯に就任していたので、私物らしきものが見つかっても、その人の物である可能性が高いが、それでも探さずにはいられない。

どうしてこんなにも無性に、叔父のことが知りたくなったのか。ミルドレッド自身、不思議だった。それは今まで経験したことのないような、激しい衝動だった。

(ギスランには、早計だとまで言われたのに……)

自分を無視する父王と、憎悪する母妃。ミルドレッドにとって、親と呼べるのはギスランくらいだ。両親に代わり、抱き上げ、撫でてくれた大きな手は、彼女にとっての道標《みちしるべ》に等しい。幼い頃のイタズラを除けば、ギスランに逆らうような真似をしたことなどなかったのに。

（……早計だと言われても、私は信じたいんだわ）

引き抜いた本の埃を払いながら、ミルドレッドは心の中で思う。

「叔父様が、誰かを愛して、幸せだったのだと」

声に出して確認した。不遇で早世した叔父が、誰かを心から愛し、その人との子どもを得、幸せな時が少しでもあったのなら——そう、祈るような気持ちになっているのだ。

会ったこともない叔父に、どうしてこうも心が引かれるのだろう。

顔のパーツが似ているからだろうか。王家の特徴をよく受け継いだ顔立ちは、双子である父王とよく似ていて、更にはミルドレッドとも同じだとライアンが言っていた。

（きっと、境遇も同じだからね）

エヴラール辺境伯という、結婚を禁じられた役職に縛られている者同士。

「そんな逆境の中でも、愛し合う人を見い出せたなんて、素晴らしいことだもの！」

そう独り言を言ってしまってから、間違いに気づいて自嘲が込み上げた。

「……ばかね、私」

（……私とライアンは、愛し合ってなどいないのに……）

ライアンは、ミルドレッドに忠実なだけだ。彼を庇って大火傷を負い、死にかけた。主を殺しかけたという心の傷を幼心に植え付けられてしまって、それからライアンはミルドレッドのために生きている。

(ライアンのは、愛じゃない。忠誠だ)

ミルドレッドの乳兄弟となったライアンは、ミルドレッドを『守る者』にしてしまった。王族の乳兄弟は、そう育てられることが慣例だからだ。たまたまミルドレッドと同じ頃に誕生した、それだけで、彼の人生はミルドレッドに縛り付けられてしまったのだ。

本当の兄妹同然に育った二人は、本当に小さい頃は、こんなふうではなかった。ライアンは幼い頃から全てにおいて飛び抜けて優秀で、同じことをやっても全然うまくできないミルドレッドを、どこか小ばかにして見ていた気がする。

それが変わってしまったのは、やはりあの大火傷がきっかけだろう。自分より劣った者だとしていたミルドレッドに庇われ、更にはそのせいで彼女は生死の境を彷徨った。背中に火傷の痕が一生残ると分かった時、ライアンは生涯の忠誠をミルドレッドに誓ったのだ。

(愛ではなく罪悪感から、ライアンは私の傍にいようとする)

償おうとするあまり、ミルドレッドから離れることを極端に嫌がるのだ。

それが分かっているくせに、ミルドレッドは彼の手を放せない。

(ライアンを愛しているから……)

「本当に、いつまで経っても身勝手ね。私は……」

ライアンの幸せを願うなら、彼が嫌がっても手を放すべきだ。ミルドレッドの傍を離れて他の世界を見れば、ライアンだってその内に、忠誠ではない本物の愛情を傾ける相手を見つけるだろう。

ライアンが自分以外の女性と寄り添っている姿を想像して、ギュッと胸が痛んだ。

エヴラールに来た頃には、あの一夜をよすがに生きていこうと思っていた。それなのに、ライアンは追いかけてきて、再び抱いてくれた。

本当はずっと切望し続けてきた愛しい男の温もりに、毎晩のように包まれている。どうして今更手放せるだろう。あの温もりなしに、どうやって眠ればいいのか。

身勝手な愚か者だ。愛しい人の幸せを願えない、狭量な人間だ。

ライアンの主になど、はなから相応しくなかったのに。

叔父の恋に比べて、自分のそれの、なんと歪《いびつ》なことか。

(でも、だからこそ私は、真っ当で美しい叔父様の恋に憧《あこが》れるのだろう)

ミルドレッドは溜息を吐いて、手にした本の表紙を開く。手がかりが見つからなくてもいい。叔父の恋の破片を追いかけるこの行為に、自分の愚かさが少しだけ慰められる。

それだけでいいのだ。

＊＊＊

『探し物』をするのが日課になって数日、いつものように自室を探っているミルドレッドのところに、アレックスがやって来た。

「ミル様、少々見ていただきたいものが」

「見てほしいもの？」

なんだろう、と思い首を傾げると、アレックスはニコニコしながら「あ、乗馬服に着替えてくださいね」と言い添えた。

「え？　外に行くの？」

驚くミルドレッドに、アレックスは頷いた。

「そうです。馬で行くので……僕と共乗りで良ければ女性物の乗馬服でいいですよ！」

「ミル様との共乗りなど許すはずがないだろう！」

バン！　と大きな音を立ててドアが開き、目を吊り上げたライアンが姿を現して、アレックスの言葉を一蹴する。

「怖い！　どこから聞いてたのさ！」

「最初からに決まっているだろう！」

「ライアン、ノックをしなさいね」

また例のやり取りが始まる前に、ミルドレッドは注意だけしておいて、クローゼットから女物の乗馬服を取り出して続き間へと向かう。外出にはライアンもついてくるに決まっているし、おまけにあの話を聞いた後で、ミルドレッドを自分と共乗りさせないわけがない。これ見よがしにアレックスの前で共乗りする姿を見せつけようとするだろう。

「せっかく君がいない時にと思ってミル様を誘ったのに、どれだけ地獄耳なんだよ」

「貴様とミル様を二人きりにする隙など与えるわけがない、ばかめ」

ぎゃいぎゃいと言い争いを続けているのを背後で聞きながら、ミルドレッドは続き間のドアをパタリと閉めた。

＊＊＊

続き間のドアがしっかりと閉まったのを確認して、アレックスがやれやれと肩を竦めた。

「正直、あなたが彼女をどうしたいのか、僕には分かりかねるんですが」

囁き声の問いかけに、ライアンは眉を上げる。どういう意味だ、と首を傾げる仕草をすれば、アレックスは呆れた顔をした。

「主にしたいのか、恋人にしたいのか。あなたがどっちつかずの態度だから、可哀想に、混乱しているじゃないですか」

　これだから女心を理解しないって言われるんですよ、と要らぬ説教をかましてくるお調子者に、ライアンは一瞬拳骨《げんこつ》を見舞おうかと思ったが、やめておいた。この男が言うことも一理あると思ったからだ。

　ライアンは犬で、その主がミルドレッドだ。この関係は覆らない。他ならぬ自分がこの関係を保ちたいからだ。自分は彼女に忠実で、尽くす者でありたいのだ。

　彼女に捧げられる全てのものは、この自分の手からでないと気が済まない。

　そうして全て自分が捧げたものだけで構成された彼女が、微笑みながらこの手に堕ちてくるのを待っているのだから。

　彼女は不当に奪われた全てのものを取り戻し、本来の姿になるべきなのだ。彼女にはその権利がある。幼い頃から、彼女から奪っていく者どもに噛みついて引き千切ってやりたかった。彼女が泣くのを我慢して笑うたびに、どうやったらその哀しく苦しい笑顔を、心からの笑顔に変えられるだろうかと悩んだ。

　そうして、全てを奪い返してあげればいいのだと気づいたのだ。

　彼女は不当に奪われすぎた。もうそろそろ、全てを取り戻すべきだ。

（あの方は誰よりも幸せにならなくてはいけない）

　そしてその幸せを彼女に捧げるのは、もちろん自分でなくてはならない。

　だから、自分は犬だ。主である彼女へ捧げるための存在だ。

けれど全てを捧げ終えた後、幸福に微笑む彼女を手に入れるのは、自分だ。犬であり、恋人である。それが自分だ。切り離せるものではないのだ。

「選択肢が二つしかないような単純な話ではない」

にべもない返事に、アレックスはいよいよ溜息を深くする。

「その単純なことを押さえておかないとダメなんですよ。ほんと、これだから朴念仁は」

今度は容赦なく拳を見舞った。――最初から殴ればよかったと思いながら。

＊＊＊

アレックスが案内したのは、領内の辺境伯管轄の森だった。森といっても山ではなく丘陵で、きちんと整備されていて、馬を走らせる道も作ってあるような、人工的なものだ。

ミルドレッドは、馬を並走させるアレックスを見た。

共乗りをしているミルドレッドたちに合わせ、馬は速足程度の速度だ。

予想通り、ライアンはミルドレッドを自分の馬に乗せ、至極満足げな表情なのに比べ、アレックスは少々不貞腐れたような顔つきだったが、ミルドレッドは敢えてその点に触れるのをやめる。あの子どものような言い争いを聞いているのも、いい加減面倒である。

「ここに何があるの？」

森に入っていくアレックスに訊ねれば、彼はにっこりと笑って「もう少し行きます」とだけ答えた。木々の間を行けば、新緑の香りの中、木漏れ日が柔らかく降り注いで、とても清々しい気分になる。頬を撫でる風を目を閉じて肺いっぱいに吸い込んでいると、傍でライアンが笑う気配がした。ミルドレッドは瞼を開いて彼を見上げた。

「なあに？　笑ったりして」

「いいえ。小さい頃からのくせ、変わっておられない」

「くせ？」

言われて首を傾げれば、ライアンが金の目を細めて、柔らかな頬に触れる。

「深呼吸をする時に、必ず目を閉じるくせです」

「え？　そんなくせ、あった？」

自分ではまったく気づいていなかったことを指摘され、目を丸くした。

ライアンはクスクスと笑ってミルドレッドの瞼を指の背で撫でる。まるで仔猫か仔犬をかわいがるような仕草だ。

「あったんです。伏せたミルクティ色の睫毛がとても長くて、子どもの頃摘まみたくなったものです」

「そんなことされたら痛いじゃない……」

睫毛を引っ張られるのを想像して唇を尖らせてみせたが、内心では間近にあるライアンの金色の瞳が優しくて、胸が痛かった。

いつか観た、大聖堂の壁画の、聖母のような眼差しだ。

ライアンは優しい。だがその優しさは、言うなれば父や母のような、与える者の優しさだと、ミルドレッドは最近分かってきた。

（ライアンは、私を庇護すべき者だと、刷り込まれてしまっている）

生まれた時からずっと傍にいてくれたライアンは、両親から冷遇されているミルドレッドの世話をし続けてきた。母の愛を欲し、父からの視線を欲して空回りばかりする道化のようなミルドレッドに、苦い顔をしながらも傍にいてくれた。

自分が泣けば周囲を困らせると、人前では泣かないようにしていたミルドレッドも、いつの頃からかライアンの前でだけなら泣けるようになっていた。

そんなふうに絶大な信頼を寄せられて、責任感の強い彼がミルドレッドを守らなくてはという使命感を抱かないはずがない。何も与えてくれない父王や母妃の分まで、自分が与えなくてはと思ってしまったとしてもおかしくはない。

思えば、ライアンは常にミルドレッドに与え続けている。

優しさも、忠誠も、親愛も、そして恋人まがいの愛欲ですら——愛欲を抱かない性質を捻じ曲げてでも、彼はミルドレッドに与えてくれたのだ。

（ここまで与え続けてくれる人に、私は何を返せただろう？）

——何も。何も、返せていない。

こんな不平等な関係に甘んじているくせに、どうしてライアンから寄せられる想いが恋ではなく忠誠心だ、などと嘆くことができたのだろう。

(端《はな》から、私にはその資格がなかったのに)

優しい眼差しを避けて目を伏せたミルドレッドに、ライアンが怪訝そうに言う。

「ミル様？　ご気分でも？　馬に酔われましたか？」

急に心配そうにミルドレッドの背中を撫で始めたライアンに、更に泣きたくなる。

「……まるで、小さな子どもを心配する親のようね、ライアン」

苦く笑みを浮かべたミルドレッドに、ライアンは目を丸くして首を横に振った。

「いいえ。主を心配する犬ですよ」

「……犬」

ふ、と小さな笑みが唇の端から転がった。やはり、ライアンにとって自分の存在が『与えなくてはならない者』なのだと思い知らされた気持ちになる。

(やっぱりライアンは、お父様とお母様に代わって、私に愛情や親愛を与えようとしているのね)

ミルドレッドは、両親からの愛情を与えられないことについて、既に諦観《ていかん》を抱いている。

こちらが努力すればなんとかなるのではないだろうかと、幼い頃は足搔いては撥《は》ねのけられて泣くばかりだったが、それを十数年繰り返せば嫌でも分かる。

だがそれは、『愛されること』を諦めたというだけだ。

本音を言えば、なされた理不尽を思い出すたび、悔しさや憤りに苛まれて、叫び出したくなる。本当は、いつだって腹が立っていた。泣き喚きたかった。

——なぜ私が。

——どうして、私だけが。

許せない。許したくない。不当な暴力や圧力をどうして許せるだろう？

理不尽を納得する術などあるのだろうか。だがその理不尽を突きつけたところで、父王や母妃が納得するはずがないのを知っている。だから蓋をして胸底に沈めているだけだ。

きっとライアンは、ミルドレッドがこの葛藤を未だに燻《くす》ぶらせているのを感じ取っているから、傍を離れようとしないのだろう。

（……私がお父様とお母様を許すことができたら、ライアンを手放すことができるかしら）

彼が自分の傍にいるべきではないという想いは、未だに取れない胸の閊《つか》えのように存在する。ライアンには、もっと相応しい場所がある。そこへ送り出すためには——。

「私、強くなるわね、もっと、もっと」

秀麗なライアンの顔の輪郭を手でなぞりながら、ミルドレッドは言う。

「……ミル様？」

　唐突な発言に戸惑った表情のライアンは、それでもミルドレッドの声音に真剣なものを感じたのか、黙ったままミルドレッドの瞳を見返した。

「……大好きよ、ライアン」

　ミルドレッドはアッサリと愛を告げて、彼の胸元に頭を擦り付けた。

　――まるで、小さな子どものような仕草で。

（今はまだ、いいでしょう？）

　ライアンが両親の代わりに与えてくれるというなら、その間だけは。

（でも、いつか必ず、あなたを自由にするから）

　ミルドレッドの決意を知らないライアンは、甘えた仕草をするミルドレッドにクスリと笑みを零し、逞しい腕で抱き寄せてくれた。

「俺も、誰よりも大切で、大好きです、ミル様」

　ライアンの言葉が終わると同時に、横からうんざりした声がかかった。

「そこ、いちゃつくのやめてもらえます？　僕もいるんですけど」

　慌ててそちらを見遣れば、アレックスが酸っぱい物でも食べたかのような顔をしている。

　完全に彼のことを忘れていた。顔が真っ赤になったが、アレックスはライアンに食って掛かっていて、ミルドレッドは眼中にないようだ。

「イヤなら来なければ良かっただろう」

「君が！　付いてきたの！　僕に！」

またも始まった言い争いに、ミルドレッドは苦笑いを浮かべつつ進行方向に顔を向けた。

視線の先に見えてきたのは、小さな狩猟小屋だ。

「あ、もしかして、目的地はあそこ？」

ミルドレッドが指させば、アレックスが首肯した。

「そうです」

「あそこに何があるの？」

「それは着いてからのお楽しみです」

近くまで来てみれば、その狩猟小屋は、小屋と呼ぶにはあまりにも豪華だった。

しっかりとした石造りで、庶民の一軒家程度の大きさがある。デザインも瀟洒《しょうしゃ》で、ステンドグラスの窓が女性的だ。だが防犯面も考慮してあるのか、その窓には猫足風の鉄格子が嵌め込まれていて、外部からの侵入者を拒んでいる。

「これは……まるで、貴族の隠れ家のようね」

馬から下りながらミルドレッドは唖然として呟いた。ここは辺境伯管轄の森なのだから、当然この建物も、歴代の辺境伯のいずれかが建てたのだろう。どう見ても狩猟小屋ではなく、人が――それも、それなりに身分のある女性のために作られたように見える。しかもこのデザインからして、建てられてからそれほど歳月を経ているようには見えない。

(十年――経っていても、せいぜい二十年ほどかしら)

森の中にひっそりと隠されるように、こんな家を作る理由とはなんだろう。

背後では馬を繋いだライアンが建物を凝視しつつ、ミルドレッドの傍までやって来た。

「この建物はなんだ？　森の管理者はこれを把握しているのか？」

人によって整備された森には、当然管理者が住んでいる。無論、辺境伯が雇っていると
いう形になるだろうが、ミルドレッドは把握していなかった。領地の視察の際にここを
回った時、さらりと外側から確認して終わってしまっていたのだ。

ライアンの問いに、アレックスは肩を竦める。

「もちろん把握していたよ。ここは現王が、アレクサンダー様を辺境伯として臣籍降下さ
せた折、弟君のために贈られた建物だそうだよ」

「お父様が!?」

ミルドレッドは思わず大きな声を出してしまった。権力から遠ざけた双子の弟への罪滅
ぼしだったのだろうか。だがそれにしては、少々腑《ふ》に落ちない。

(王が弟にする罪滅ぼしにしては、みすぼらしい気がしないでもないというか……)

城くらいであってもいいのではないだろうか。

「それにしても、なんだか女性的な建物よね……」

ミルドレッドの独り言に、アレックスがクスリと笑った。

「じゃあ、鍵を開けますよ」

「え、中に入れるの？」

窓に鉄格子をしているし、扉も頑丈に施錠《せじょう》されているから、中には入れないのかと思っていたので驚けば、アレックスが懐から見覚えのある物を取り出した。

シャラリ、と銀の鎖が小さな金属音を立てる。

「あっ……！　え……？　どうして、それ」

アレックスが手にしていたのは、ミルドレッドの部屋にあるはずの、双頭の鷲のネックレスだった。調べたいことがあるからと彼から預かっていたままだったのに。

「すみません、調べたいことがあったので、ちょっとミル様のお部屋から拝借してしまいました」

アレックスが悪びれる様子もなく、肩を竦める。

「貴様……！」

背後でライアンが唸り声を上げたので、ミルドレッドは慌ててそれを手で制した。

まだアレックスがここに連れてきた理由が分かっていない。その前にライアンが叩きのめしてしまえば、分からずじまいになってしまう恐れが充分にある。

「それが窃盗になるって分かっていて、やったのよね？」

鋭い眼差しを向けて確認すれば、アレックスは困ったように笑った。

「これ、僕のだったと思うんだけど」

「……そうかもしれないけれど。でも双頭の鷲の意匠は、この国では王と王太子にしか使うことを許されていない。あなたが持っていてはいけない物なの」

ミルドレッドの説明を、アレックスは緑色の瞳をまっすぐこちらに向けて聞いていた。やがて小さく溜息を吐くと、これ、とネックレスを掲げて見せた。

「元の持ち主は、アレクサンダー様なんでしょ？」

ミルドレッドは小さく息を呑む。アレックスには敢えてその事実を告げていなかったからだ。ギスランが言っていたように、彼が嘘を吐いていて、そのネックレスを盗んだ犯人、或いは、犯人に関わる者である可能性は否めない。

ミルドレッドが答えずにいると、アレックスは口元に苦い笑みを浮かべた。

「あのさ、僕、記憶が戻ったって言いましたよね？　だから、母の恋人だったお貴族様の顔も、思い出したんですよ」

言われて、ミルドレッドの脳裏に浮かんだのは、城のボールルームに飾ってある歴代辺境伯の肖像画だ。アレックスは以前、あの中の叔父の顔に既視感を抱いたと言っていた。

「叔父様の、肖像画……」

思わず呟けば、アレックスは「その通り」と言って肩を上げる。

「見覚えがあるはずですよね。と言っても、僕の記憶も幼い頃のものだったから、おぼろげではあったんですが。記憶が戻って確認してみて、やっぱり間違いないと思った。優しそうで、少し気が弱そうな、中性的な人――母さんの恋人の『アレックス』だ」

「――あ……」

彼の言う『アレックス』が、自分ではなく叔父を指していることはすぐに分かった。叔父は恋人から、『アレックス』という愛称で呼ばれていたのか。

ここにきてようやく、ミルドレッドはアレックスを、自分が付けた仮の名前で呼び続けていたことに気がついた。あまりに馴染みすぎてそんなことにも気づかないでいたなんて。

「あなたの、本当の名前は？」

今更と思いつつ訊けば、アレックスは目を丸くして、それからおかしそうに破顔した。

「いいですよ。そのまんま『アレックス』で。もうそれで皆慣れちゃったでしょうしね」

「そういうわけにはいかないでしょう？」

本当の名前があるのに、と慌てれば、アレックスは片方の眉だけ器用に上げた。

「んー。実は、本当の名前、あんまり気に入ってないんですよね。ミル様につけてもらった方がカッコイイし、それでお願いします」

本人からそう言われてしまえば、ミルドレッドに否やはない。

戸惑いつつも受け入れて、改めて彼と向き合う。

「それで、アレックス。そのネックレスをどうするつもりなの？」

「ああ、用が済んだらすぐお返ししますよ。ちょっと待って」

気負って質問したのに、さらりと返されてしまった。肩透かしを食らった気分で見つめていると、アレックスは建物の扉に近づき、そのネックレスの鷲の部分を南京錠の穴に埋め込んだ。

「――え」

ミルドレッドが目を丸くしていると、アレックスは長い指で意匠をクルリと指で回す。

ガチャンと鈍い金属音がして、錠が開いた。

「……鍵に、なっていたの……？」

呆気に取られてそれを眺めていたら、背後でライアンが唸るように言った。

「……恐らく、あの意匠が鍵になるよう、錠前の方を後から作らせたのでしょう。祖父がもしそんな機能があると知っていれば、最初から俺やミル様に言っていたでしょうから」

となれば、ネックレスを鍵となるようにしたのは、父王ということになるのだろうか。

何のために、という疑問が浮かんだが、すぐに答えに辿り着く。

(このネックレスを持つ者にしか、入れないように)

――つまり、叔父と、父のみだ。

双子だったという彼らが、他の誰にも見せたくないものがここにあるということだ。

ここに何を『隠して』いるのか。

ミルドレッドはゴクリと唾を呑んで、アレックスを見た。

彼はゆったりと笑って、建物のドアを開く。ギイ、と蝶番《ちょうつがい》の軋む音が響いた。

「さあ、どうぞ」

気負いの感じられないその様子から、彼は既に中に入ったことがあるのだろう。

中の何かを、ミルドレッドに見てほしいのだ。

心臓が早鐘を打っていた。この一歩を越えたら、何かが変わってしまうような気がしてならなかった。怖い。けれど同時に、何かを期待し高揚している自分もいた。

変わってしまう——変えることができる。

(私は、ずっと変わりたかったのかもしれない)

父王にいないものと扱われ、母妃に虐《しいた》げられてきた日々に、疑問を抱かなかったといったら嘘だ。本当は、いつだって叫びたかった。

——なぜ、お父様は私を無視するの？

いなくなれば良かったのか。

——なぜ、お母様は私にだけいじわるなの？

他の兄弟たちと自分とでは、何が違うのか。

——なぜ、私は愛されないの!?

自分が何をしたのか。何をしたと言うのか！

理不尽だった。哀しかった。悔しかった。――寂しかった。

そんな憐れな自分を拾い上げてくれたのが、ギスランだった。

傍に居続けてくれたのが、ライアンだった。

肉親ではない彼らに縋る自分が、惨めだった。情けなかった。

父に伸ばした手を振り払われた時も。

母の誕生日に摘んだ花束を、『みすぼらしい』と蔑まれ、皆の前で捨てられた時も。

結婚すら許されず、この辺境の地に追いやられた時も。

ミルドレッドは、本当は、いつだって父と母を恨んでいた。恨む自分が嫌いだった。

(変わりたい。私はいつだって、自分ではない誰かになりたかった)

現実には不可能だ。どう足掻いたって、自分は自分にしかなれない。父と母に無条件で愛される他の兄弟のようにはなれないのだ。

でも、これまでの自分を認めてやれたらと思う。充分にやったと認めて、もういいのだと、父と母に愛されることをもう諦めていいのだと、労ってやりたい。

ミルドレッドは、ドアを開いて待つアレックスの方へ、一歩足を踏み出した。

止めるだろうと思っていたライアンは、何も言わなかった。

ただ、そっと後に続いてくれた。だからミルドレッドは安堵して、次の一歩を踏み出せた。

アレックスは微笑んだまま、ミルドレッドが近づいてくるのを見守っている。

ドアの前ですれ違う時、彼がそっと囁いた。

「やっと会えたね、ミルドレッド」

それがどういう意味なのかを問おうとした時、背後でゆっくりとドアが閉まった。

第六章

白い大理石の床。上品なクリームベージュのレースと、淡いピンクのカーテン。猫足の繊細な造りの調度品。暖炉の脇に置かれたチェストの上に、美しいガラス細工の薔薇。続き間の扉から垣間見えるのは、豪奢なレースの天蓋《てんがい》付きのベッド。ヘッドボードには、愛らしいビスクドールが座っている。

そこはまさに姫君の空間だった。

「……女の子のために作られた家だわ」

王女であるミルドレッドでさえ、ここまで少女趣味ではない。

「それも、どうやら特定の女性を想定しているようですね」

硬い声音で付け足したライアンに、ミルドレッドは頷く。

彼が言うように、ここは『特定の誰かのための部屋』だ。

「アレクサンダー叔父様の……恋人……？」

結婚できない彼が、こっそりとここに女性を囲っていたのだろうか。

叔父の恋人、と思って咄嗟に考え付いたのは、アレックスの母親だ。

「あなたのお母様？」

訊ねたミルドレッドに、アレックスは笑って首を横に振った。

「僕の母は娼館で亡くなったよ。妹を産んだ時にね」

そうか、そう言っていたな、と思い返しながら、顎に手をやった。

「じゃあ、誰なのかしら。叔父様に、他に恋人がいたってこと？」

思考を巡らせていると、アレックスが続き間の寝室へと入っていくので、なんとなくその後を追った。そして入った瞬間、目に入ってきた物に、ミルドレッドは息を呑むことになった。

それは壁に掛けられた大きな絵画だった。描かれているのは、御伽噺《おとぎばなし》に出てくるようなロマンティックなドレスを着込んで、こちらに向かって微笑む女性だ。

それだけならば驚きはしなかっただろう。問題は、その女性の顔だった。

「わ、私……!?」

ミルクティ色の髪を上品に結い、ハシバミ色の瞳でこちらを見つめるその顔は、ミルドレッドに酷似していた。背後から、一歩遅れて部屋に足を踏み入れたライアンが、同様に驚いて息を呑む気配が伝わってくる。

「これは……！」

「この家の主だよ」

狼狽する二人に、アレックスが淡々とした口調で告げた。

緩く首を傾げて、ミルドレッドの方を見る。その表情は普段と変わらない落ち着いたものので、それが余計に異様に感じられる。

「君だよ、ミルドレッド」

いつの間にか、自分に向けたアレックスの言葉から敬語が抜けていることに気がついたが、それを指摘できるような雰囲気ではなかった。

「ち、違うわ！　私じゃない！　わ、私はこんな家知らないし、この絵を描いてもらったことなんてないもの！」

背中に生温い汗が伝い下りる。

必死に否定すれば、アレックスはのんびりした口調で「うーん」と唸った。

「まあ、そりゃそうだよね。これはね、将来の君を想像して描かれた絵なんだと思う」

「え……!?」

言われていることの意味が分からず、眉間に皺が寄った。

アレックスはそれを感じ取ったのか、ポリポリと頭を掻きながら歩いてきて、絵の前に立つ。大きな絵を見上げるひょろりとした立ち姿が妙に様になっている、などと、ミルドレッドはどこか場違いな感想を抱いた。

「ここはね、アレクサンダー様の娘のために作られた家なんだ」

ドクン、と心臓が跳ねた。手足が一気に冷たくなっていくのが分かった。

アレックスが絵の前で、ゆっくりとこちらに向き直る。その鮮やかな緑色の瞳が自分に向かって煌めくのが、妙に現実離れしたものに思えた。

目の前がなんだか白くなっていく。気持ちが悪い。

「君だよ、ミルドレッド」

もう一度、先ほどと同じ言葉を言われる。
ハ、と息を吐き出した。
こちらを見るアレックスから目を離せない。全身から冷えた汗が噴き出していた。

「君は、アレクサンダーと、母の娘だ。そして、僕の妹なんだよ」

その宣告を聞いたのを最後に、ミルドレッドの視界は暗転した。

＊＊＊

夢を見た。昔の夢だ、とぼんやり思う。

一面の銀世界の中、ミルドレッドは一生懸命駆けていた。

昼だというのに空はどこか薄暗い灰色で、そこから降ってくる白い雪は、子どもの娯楽の少ない冬には、とびっきりの遊具になる。

ミルドレッドもライアンと一緒に、王宮の中庭に積もった雪の中、仔狐のように転げ回って遊んでいた。雪だるまを作ったり、鬼ごっこ、雪合戦……だが小一時間も遊べばその内飽きてくる。なにしろ、遊び相手はお互いだけ。鬼ごっこも鬼は代わりばんこだし、雪合戦はミルドレッドよりも体格が良く体力も数段上のライアンの圧勝だ。おまけにずっと雪を触っていたから手足は真っ赤。じんじんとした痛みに我慢ができなくなってきた。

『冷たいものをずっと触って、手や足が赤くなるのを放っておくと、しもやけになるって、じいさまが言ってた。中にもどって、あたためよう』

手が痛いとグズるミルドレッドに、ライアンが少し得意げな顔で教えてくれた。

愚図なミルドレッドと違って、ライアンはとても頭がいい。家庭教師の先生も『素晴らしく賢い』と褒めていたし、護身術の先生も『子どもとは思えない身体能力だ！』と顔を輝かせていた。ミルドレッドは何をやってもとろくて、いつも皆を呆れさせてしまう。

（だからお父さまはわたしを見ようともしないし、お母さまには打《ぶ》たれてしまうの）

他の兄弟たちも、父と同じように、ミルドレッドを見ないようにしている。その中で唯一少しだけ優しいのは、長兄のシャルルだ。

皆が集まる時でも誰からも話しかけてもらえないミルドレッドに、シャルルだけは笑って挨拶をしてくれるのだ。だからミルドレッドは、シャルルが好きだった。

（でも、一番好きなのは、ライアンだけど）

ミルドレッドは、自分の真っ赤な手を握るライアンを、そっと盗み見る。

生まれた時からずっと一緒にいてくれるライアン。皆、ミルドレッドのことが好きではないのに、ライアンだけは傍にいてくれる。

でも、とミルドレッドは目を伏せた。本当は、知っているのだ。

ライアンも、愚図なミルドレッドにうんざりしているのを。

『なんでこんなかんたんなこともできないんだ？』と苛立ったように言われたこともある。

ミルドレッドが失敗するたびに、尻拭いをしてくれるのは決まってライアンだ。そんなことをさせられていたら、誰だって嫌になるに決まっている。

だから、うんざりされても仕方ないのだと分かっている。

できるだけうんざりされないよう、自分でするように頑張っているのだが、うまくやろうとすればするほど気が焦り、結局失敗してライアンの手を煩わせてしまうのだ。

（でも、ライアンは傍にいてくれる……）

ミルドレッドに呆れていたって、こうして手を繋いでくれるのは、ライアンだけだ。

『ライアン、だいすき……』

思わず呟けば、ライアンがびっくりしたような顔で振り返った。

ミルドレッドのふにゃりとした笑顔を見て、顔を真っ赤にしてまた前を向いてしまう。

『ミルはばかだなっ！』

『えへへ……』

ばかだと言われても、ライアンなら平気だ。

だって、ばかだと言いつつも、手を絶対に放さないと知っているから。

城の中に戻ると、広間の一つに使用人がたくさん出入りしているのが見えた。何かの準備をしているみたいだ。催しでもあるのだろうか。

『ちょうどいいや。きっと暖炉に火が入っているから、あったまらせてもらおう』

今自分たちがいる場所からミルドレッドの部屋に戻るまでには、子どもの足ではなかなかの距離がある。すぐそこの広間なら、ちょっと温まってまたすぐに外に遊びに行ける。

名案だと思い、ミルドレッドは頷いてライアンの後に従った。

何かのお祝いの催しなのか、広間には食べ物のいい匂いが漂っていて、使用人たちがバタバタと忙しそうに動いている。ミルドレッドとライアンが入り込み、広間の隅にある暖炉に当たっていても、誰も気にしていないようだった。

暖炉の前に両手をかざして温めながら、広間の様子をそわそわと眺める。

『楽しそうだね。なにがあるのかな』

あちこちに花が飾られ、壁に沿うようにして配置された長テーブルには、かわいらしくデコレーションされた甘いお菓子。見ているだけでわくわくするような光景に、ミルドレッドはうっとりとしながら言った。

だがライアンは、その言葉に少し気まずそうな顔になる。

それを見て、ミルドレッドは「あ」と気づく。

この催しも、きっとミルドレッドは呼ばれないのだろう。

両親や兄弟たちの誕生日などのお祝いに、ミルドレッドは呼ばれない。

去年、母の誕生日のお祝いに花束だけでも渡したいと、呼ばれもしないのに行った時は大変だった。乳母であるライアンの母は止めたけれど、ミルドレッドが聞かなかったのだ。

〝どうしてわたしだけ、お母さまをおいわいできないの？〟

他の兄弟たちは許されるのに、どうして、と駄々を捏ねれば、乳母は苦しげな顔で折れた。

だがその宴の場に入っていった時、乳母の言うことを聞いていれば良かったと後悔した。とても楽しそうに微笑んでいた母が、ミルドレッドを見るなり顔をみるみる強張らせたからだ。その顔はすごく怖かったけれど、朝一番に咲いた薔薇を渡したくて、勇気を振り絞って笑顔を作り、その花束を差し出した。

〝お母さま、おたんじょうび、おめで――〟

つたない祝いの言葉を、最後まで言うことができなかった。

母がミルドレッドの頬を平手で打ったからだ。

容赦の欠片もない一撃に、小さなミルドレッドの身体は吹っ飛び、広間の絨毯の上にドッと倒れた。渡そうとした花束はバラバラになって床に散らばり、ミルドレッドの小さな鼻からは赤い血が流れていた。じんじんとする左頬を押さえて、震えながら母を見上げれば、虫でも見るかのような目で、こちらを見下ろしていた。

〝よくもまあそんなみすぼらしい花なんぞを差し出せるものよ。興が削がれた〟

乳母であるライアンの母が、ミルドレッドをかき抱くようにしてその場を辞した。

なぜ叩かれたのか分からなかったが、子ども心に自分がいけなかったのだと思った。楽しそうだった場が、自分がしたことで凍りついてしまったことだけは分かったからだ。

だから今回もきっと何かのお祝いなのだろうけれど、ミルドレッドは呼ばれない。そして、もうそれを不満に思ったりはしないのだ。

ミルドレッドが母に叩かれたことを、きっとライアンも知っているに違いない。だから、気まずそうな顔をしているのだ。

ミルドレッドがまた行きたいと言い出したら困ると思っているのだろう。

『楽しそうだけど、わたし、ライアンと遊ぶほうがすきだから、だいじょうぶよ』

行きたいなんて言わない、と言外にほのめかして、にへら、と笑えば、ライアンはハッとしたように目を見開いて、グッと唇を嚙んで顰め面になってしまった。

また何かしてしまっただろうかとオロオロしていると、背後から声がかかった。

『ミル？　ミルじゃないか。珍しいね、こんなところで』

愛称を呼ばれ、驚いて振り返れば、長兄のシャルルがこちらに歩み寄ってくるところだった。

『シャルルお兄様』

輝く銀の髪と、目の覚めるようなサファイアブルーの瞳を持つシャルルは、母の髪と目の色と同じ。その美しさも母親譲りと評判だ。

シャルルはすぐ傍まで来ると、優しい笑みを浮かべてミルドレッドの頭を撫でた。

『顔を見るのは久しぶりだね。元気だったかい』

普段ライアンやギスランといった人たちとしか喋ることのないミルドレッドは、母とそっくりなシャルルに気後れしてしまい、おずおずと頷くことしかできない。そんな妹に少しだけ苦い笑みを浮かべたものの、シャルルは辛抱強く話しかけてくれた。

『もしかして、ミルも今日、出てくれるのかな？　僕の誕生会に』

言われて初めて、ミルドレッドは今日が兄の誕生日だと知った。

だがそれ以上に、自分がその場に出てはいけないと分かっているので、慌てて首を横に振る。するとシャルルは残念そうに眉根を寄せた。

『出てくれないの？』

『あ……よ、呼ばれて、いないから……』

たどたどしく説明すれば、シャルルは眉間の皺を深くした。

『……母上か……』

苦々しい呟きに、ミルドレッドはパッと顔を上げて首を振る。

『ち、ちがい、ます……』

ミルドレッドが呼ばれていないのは事実だが、それを母がやっているかどうかなど分からない。狼狽えて否定するのに、シャルルは唇を引き結んでしまった。

『大丈夫、僕から母上に言ってあげるから』

そう言って微笑まれ、ミルドレッドはいよいよどうすればいいのか分からなくなった。

愕然としているところに、更に困った事態が降りかかる。

『シャルル、何をしているのです！』

いつの間に現れたのか、母が広間の入り口に立っていた。

自分の大切な王太子が、できそこないの娘と話していたのが気に喰わないのだろう。美しい眦を吊り上げて、足早にこちらへ歩み寄ってきた。

『お前、なぜこんなところにいる！　目障りな！』

母はシャルルの腕を摑んで、ミルドレッドから引き離しながら怒鳴った。

意表を突いて現れた母に驚き、そして怒声を浴びせられ、ミルドレッドは声を上げることすらできず固まった。

そんな妹を庇うように、兄が前に立ちはだかった。

『母上！　なぜミルだけにそんなひどいことを言うのですか！　ミルは僕の妹です！　同じ兄妹なのに！』

「シャルル、お前まで何を言うの！」

母が悲鳴のような声を上げて、蒼褪める。

『ミルを今夜の僕の誕生会に招待します！　僕の妹だ！　出ない方がおかしい！』

堂々と宣言をした兄に、母が愕然とした顔をした。

そしてわなわなと身を震わせ、兄の後ろにいるミルドレッドをギッと睨みつける。

『お前……！　私《わたくし》のかわいいシャルルにまで卑しく媚《こ》びて篭絡《ろうらく》したのかえ!?　このッ……！』

叫びながら、母は兄の身体を押しのけて、ミルドレッドの髪の毛を掴んだ。

『あっ、いたい、いたいっ！』

そのまま引き摺られ、あまりの痛みにミルドレッドが悲鳴を上げる。

『母上！』

『やめろ！　ミルに触るな！』

兄とライアンの制止の声が同時に上がり、バシバシ、と何かを叩き落とす音が聞こえた。

すると髪を掴む手が緩み、解放されたミルドレッドは膝をガクガクと震わせてその場にへたり込んだ。

『おのれ、ギスランめの小僧がッ……！』

獣じみた呻き声にゾッとして、くしゃくしゃになった髪の隙間から見上げれば、腕を押さえてライアンを睨みつける母の姿があった。その腕が赤くなっていて、ライアンが母の腕を叩いて、ミルドレッドを助けてくれたのだと分かった。

母が長い腕を振り上げた。あ、とミルドレッドは慌てて立ち上がる。

母のあの動きを知っている。去年、殴られた時もあの動きを見ていた。まるでその瞬間だけ時間がゆっくりと流れるみたいに、母の手が自分に迫るのを不思議に思いながら眺めていたのを思い出す。

ライアンが打《ぶ》たれる、そう思ったら、身体が動いていた。

ライアンに飛びかかるように体当たりをする。思い切りやったから、自分よりも体格のいいライアンでもバランスを崩して倒れてしまった。あ、強く押しすぎた、と思った瞬間、バン！　と大きな音が頭に響いて、耳ごと側頭部を殴打された。

飛んだ、と思ったのは間違いではない。

ミルドレッドの身体は母に叩かれて吹っ飛び、暖炉の中に突っ込んだ。

『ミル！』

誰の叫び声だろう。シャルルのものか、ライアンのものか。

だがそんなことはどうでもいいくらいに、熱さと、痛みと、自分の髪や服の焦げる匂いに、感覚が支配される。自分の悲鳴が聞こえた。

(わたしは、泣いているの?)

それすらも曖昧になって、ミルドレッドの意識は泥に沈んだ。


「ミル様!」

自分を呼ぶ声で、目が覚めた。

心臓がものすごい速さで鳴っている。全身が冷や汗でぐっしょりと濡れていた。

「ミル様? 大丈夫ですか。だいぶうなされておいででした」

ライアンが心配そうな声で言い、汗で額に貼り付いた髪を撫でて取ってくれる。

「ライアン……」

まだ夢の狭間にいるミルドレッドは、やや茫然としてライアンの顔を見つめた。

精悍な輪郭に、美しく整った顔——大人のライアンだ。

「夢を……見ていたわ」

ミルドレッドは呟いた。そうだ。あれは夢だ。夢だけど、現実だった。

ミルドレッドは暖炉に突っ込み、背中に大火傷を負った。高熱が一週間も続き、一時は命も危ぶまれるほどだったらしい。そうしてようやく意識が戻った時、ミルドレッドは火傷を負った時の状況を、ほとんど覚えていなかった。

だがそれは、きっと心の底で、その事実を忘れてしまいたかったからなのだろう。

だって、「自分の母親に暖炉に突き飛ばされた」なんて、そんな惨めで情けないことを、どうして認められる？

『あのできそこないの王女は、実の母親から嫌われて、殺されかけたんだってさ！』

『実の母親から殺されかけるくらいだ！　もうどんな価値もありはしない！』

そう嘲笑われるのを、容易に想像できた。自分があまりにも惨めだった。憐れだった。

母親から冷遇されていることは、王宮の皆が知っていた。皆ミルドレッドのことをばかにしていた。陰で『できそこない姫』『ばか姫様』と言われているのを何度も聞いた。

だから、認めたくなくて、記憶の底に蓋をしたのだ。

（でも、思い出した……）

「……ライアン、思い出したの。私の背中に火傷を負った時のことを」

ミルドレッドが囁くように告げれば、ライアンが金の目を見開いた。

手をのばして、そっとその眦に触れる。

「私を、助けてくれたのね、ライアン。お母様から守ってくれた」

ありがとう、と微笑めば、ライアンがくしゃりと顔を歪めた。

「……すみません。俺のせいで、ミル様が……」

「どうして謝るの。あなたは私を守ろうとしてくれた。私が火傷を負ったのは、あなたのせいじゃなかった。私が、お母様を怒らせたから——」

言いかけて、ミルドレッドはそうじゃない、と言葉を止めた。

ずっと自分が悪いのだろうと思ってきた。自分が愚図でばかだから皆に嫌われるのだ。父にいないものにされるのも、母に虐められるのも、仕方ないのだと。

(でも、そうじゃない)

「ライアン、私は悪くない。何も悪くなかったのよ。だから、私を守ろうとしてくれたあなたが悪いはずなんてないの。そうでしょう?」

気に喰わない娘だったのだろう。

だが、だからといって、幼い子どもを燃え盛る暖炉の中に突き飛ばしていいはずがない。

悪いのは——おかしいのは、父であり、母だ。

だが、両親をそうさせた理由とは? 理由もなく、稚《いとけな》い子どもにあれほどの憎悪を抱けないだろう。

(何かが、狂っていた)

あの王宮の中で自分を取り巻く環境がどこかおかしくなってしまっていたのを、ミルドレッドは子どもながらに感じていた。

そしてそれは心の中に溜め込んだ哀しい疑問に直結する。

『なぜ、私だけ愛されないのか』

その理由が、ようやく分かった。

（私が『おかしいもの』だったんだ――）

正常に回るはずだった歯車が、紛れ込んだ小さな石のせいで、その動きを止めてしまうように。ミルドレッドは、あの王宮で小石――『異物』だったのだ。

そこまで思って、ふと周囲を見回した。見慣れた自室のベッドだ。森の中のあの家で気を失ったはずだが、その後ここまでライアンが運んできてくれたのだろう。

「アレックスはどこ？　あれから、どれくらい時間が経った？」

「ミル様が気を失われてから、二時間ほどです。アレックスは――地下の牢に」

ビックリして思わず起き上がった。

「牢？　なぜ」

「ミル様の部屋に侵入し、物を盗ったのです。当然の処置かと」

アレックスがこっそりネックレスを盗っていたことを言っているのだろう。

淡々と答えるライアンは、不機嫌であることを隠そうともしない表情だ。

ミルドレッドは深い溜息を吐いた。

「……ライアン、あの状況で説明するには、仕方なかったのよ。大目に見てあげて」

「しかし」

「私の、お兄様よ」

ミルドレッドの言葉に、ライアンがグッと黙り込んだ。

その苦虫を噛み潰したような顔が意外で、こちらの方が首を傾げてしまった。

「あなたはてっきり、アレックスの言ったことが『嘘』だって言うと思った」

クスッと笑ってしまいながら言えば、ライアンは黙って封筒を差し出した。淡いピンクの、かわいらしい封筒だ。

「これは？」

「――アレックスの母が、アレクサンダー殿下に送ったと思われる手紙です。あの隠れ家のドレッサーの中に保管されていました」

ドキン、と心臓が鳴った。

アレックスの母――つまり、自分の本当の母……かもしれない人。

だがミルドレッドは、それが真実なのだと、もう疑っていなかった。

叔父にしか持てないネックレスを持って現れたアレックス。生き別れの異父妹を捜していると言った。記憶を失いながらも、叔父の肖像画を見て既視感を覚えたと言っていたし、記憶を取り戻してからの言動にも一貫性がある。

そしてあの森の隠れ家。女性――それも特定の少女を主に想定して建てられたと分かる美しい家。主が喜ぶ物だけを集めてあった。

寝室に掛けられていた肖像画は、あまりにもミルドレッドそのものだった。ミルドレッドの容姿は王家の特徴を色濃く受け継いでいる。叔父の容姿をモデルにして、成長後のミルドレッドを想像して描かれたのならば、納得できる。

その上、頭の固いライアンをも納得させる内容が、この手紙と日記に書かれているのだろうか。

ドク、ドク、ドク、と胸が早鐘を打つ音が、妙に大きく鼓膜に響く。

ミルドレッドは震える手で封筒を開いて中身を取り出した。便箋を広げると、中からはとても流麗な女文字が現れた。

『愛するアレックスへ

春がやって来ました。

あなたの顔を最後に見たのが、もうずいぶん昔のことのようです。

会えない日々が、こんなにも虚ろだったとは。

虚ろの中で漂うように、毎日を生きています。

私を現に繋ぎ止めるのは、お腹の中のこの命だけ。

あなたの半身がここにいてくれると思うから、私は生きていられる。
この子を愛することで、生きていける。
産まれる前なのに、不思議でしょう。私はもう、この子を愛している。
あなたはこの子が男の子ならギスランと名付けてほしいと言っていましたね。
でも産婆が言うには、このお腹の出方だと、多分女の子だそうです。
お腹が突き出たら男の子で、丸く広がったら女の子なんだとか。本当かしら。
もし女の子ならミルドレッドと名付けようと思います。
ああ、アレックス。
お願いがあるのです。私の生涯で、最後のお願いです。
私はこの子を自分の手元で育てるつもりでした。
ですが、それではきっとこの子に苦しい人生を負わせてしまうでしょう。
この子には、何の柵《しがらみ》もなく、自由に人を愛してほしい。
人を愛し、愛し返されて、幸せになってほしい。
私の傍では、そんなふうには生きられないでしょう。
だからどうか、あなたの傍に置いてあげてください。
父として、この子の幸せを、どうか見届けてあげてほしいのです。
私はきっと寂しくなるでしょう。

それでも、あなたとこの子の幸せを願うことで、残りの生を全うしようと思います。

心からの愛を込めて　サンドラ』

読みながら、涙が零れた。

ポロポロと伝い落ちるので、手紙が濡れないよう、慌ててライアンに手渡した。

ライアンは黙ってそれを受け取ると、胸ポケットからチーフを取り出して、ミルドレッドの涙を拭う。だが拭っても拭っても、次々にまた零すものだから、きれいな顔が困ったように歪んだ。それがおかしくて、ミルドレッドはフハッと噴き出してしまう。

するとライアンが小さく目を瞠り、また同じように噴き出した。

二人してクスクスと笑い合いながら、どちらともなく腕を伸ばして、互いを抱き締め合う。彼の逞しい胸の中で呼吸をして、ミルドレッドはホッと息を吐いた。

「私は……私は、お母様に、愛されていたのね……」

独白のような囁きに、ライアンは頭のてっぺんに頬擦りをしながら頷いた。

「ええ、ミル様。あなたは本当の母君と父君に、愛され、望まれて生まれて来られた」

低い囁き声の肯定に、胸の内側にじんわりと温かいものが広がっていく。

「……嬉しい……」

込み上げてきた感情のまま言葉にすれば、また涙が溢れた。嬉しい。嬉しかった。

両親にとって、自分は要らない者、邪魔な者なのだと思って生きてきた。

ここから出て行けと言わんばかりの母妃に、自分の居場所はここにはないのだと突きつけられ続けてきた。なぜ、どうして、という問いは、自分が愚鈍だからという諦観に置き換えた。惨めだった。哀しかった。

それでも前向きに生きられたのは、ギスランが抱き上げてくれて、ライアンが傍にいてくれたからだ。自分には彼らしかいないものと思ってきた。

でも、彼らはそうではない。ギスランにもライアンにも、愛する家族がいて、そこにも彼らの居場所がある。

羨ましかった。本当は心のどこかで、大切なギスランやライアンすらも妬んでいた。

自分だって、家族が欲しかった。居場所が欲しかった。

家族に愛されて、大切だよと、抱き締めてほしかった。

(でも、私にだって、ちゃんといた……)

母が。父が。無条件に自分の幸福を祈ってくれる家族が。

胸の底に溜め込んでいた黒い蟠《わだかま》りが、ホロホロと崩れ出すのを感じた。

あれほど重たく、苦しい想いだったというのに、崩れてしまえば呆気ない。

自分が両親に愛されて生まれたというその事実を前にすれば、これまで受けた辛かったことが、一気に色褪せて見えた。

「仕方なかったのね……」

ミルドレッドはポツリと言った。

母だと思っていた人は、母ではなかった。

「産んでもいない子を、自分の娘として育てろと強要されたのだもの」

恐らく、そうなのだ。納得していれば、あれほどの憎悪を向けるはずがない。母妃は、強要されたから、ミルドレッドを差別し、嫌悪したのだろう。

ミルドレッドの言葉に、ライアンが何かを考えるように沈黙し、やがて口を開いた。

「これは推測になるのですが……母君はミル様を産んだ時に亡くなっており、その時点でミル様はアレクサンダー様に引き取られています。だがその後すぐ、アレクサンダー様の手から、国王陛下の手に委ねられたのではないかと」

「お父様……いいえ、伯父様に？」

「ミル様の誕生の前後に、アレクサンダー様がお亡くなりになっておられますので……」

言われて、ああ、そうだった、とミルドレッドは溜息を吐く。

叔父だと思っていたアレクサンダーは、自分の誕生した年に亡くなっていたはずだ。

「伯父様も、双子の弟から厄介者を預けられてしまったというわけだったのね……」

父王が自分に冷たい理由も、それで得心がいく。聖職であるエヴラール辺境伯に、子どもが存在してはならない。双子の弟を辺境伯に追いやったという負い目がある父王は、それを隠蔽するために自らの子として育てることにしたのだろう。

「どうせなら、遠縁の貴族にでも預けてくれれば良かったのに」

そうすれば母妃にあれほど苛烈な目に遭わされることもなかったろうに、とつい文句を言えば、ライアンが首を横に振った。

「余計な借りを作りたくなかったのでしょうね。陛下は潔癖であられるから」

「そう……そうかもしれないわね」

父王は、良くも悪くも『王』であろうとする人だ。前王が文武に優れた賢王と呼ばれた人だったため、その威光の陰に隠れまいと必死なのだという口さがない者たちの噂話を耳に挟んだことがある。隙あらば利用しようと取り入る貴族たちとどこか一線を引いた政治の仕方をするので、不満に思っている貴族も多いとも聞いた。

そんな父王だから、厄介ごとを身内で処理しようとしたとしてもおかしくはない。

「とはいえ、全て憶測です」

不意にライアンがキッパリと否定するようなことを言うから、ミルドレッドはキョトンとして目を上げた。

ライアンはこちらを見ていなかった。なぜか続き間のドアの方へと視線を投げている。

「だが憶測を事実に変えられる人がいる——爺様！」

声を張り上げて呼んだので、ミルドレッドは驚いてそちらを見た。

一瞬の沈黙の後、ガチャリとドアが開き、ギスランが姿を現した。

「ギ、ギスラン……」

ミルドレッドの呼びかけに、ギスランは少しだけ決まりが悪そうに、もぞっと肩を持ち上げる。

「盗み聞きは行儀が良くないと教えてくれたのは、爺様だったと思うのですが」

ライアンが嫌みのように言えば、ギスランはフンと鼻を鳴らして応じた。

「これは盗み聞きなどではなく、諜報活動というんだ。それも教えてやっただろう？」

「ならばその『諜報』は誰のためですか」

ライアンが畳みかけるように問い質す。ギスランの冗談めいた表情が、厳しいものへと変わった。両者が睨み合う緊迫した間の後、ギスランが溜息を吐いて肩を下げた。

「儂は既に、陛下から任を解かれた元総司令官だ。今の儂は、曾孫の幸せを願う、ただの爺に過ぎん」

「……ギスラン！」

ミルドレッドは堪らず叫んだ。涙が後から後から湧いてきて頬を濡らす。

ギスランはそんなミルドレッドの傍に来て、大きな手でそっと頭をなでてくれた。

「愚図でばかな曾孫を、ずっとずっと守ってくれて……かわいがってくれて、ありがとう」

涙でぐしゃぐしゃな顔で、それでも精一杯の笑顔を浮かべて礼を言えば、ギスランは目を丸くした後、堪りかねたように顔を歪めた。

「姫様は、愚図でもばかでもない。あなたほど誇り高く、賢い姫はいない」

ギスランは呻くように言って、ミルドレッドを見た。

「姫様は何も悪くない。悪いのは、引き受けた儂と、王妃陛下を御しきれなかった国王陛下です」

「引き受けた……？」

何をだろう、と眉根を寄せるミルドレッドの傍らで、ライアンが鋭く祖父を見た。

「アレクサンダー様が身罷《みまか》られた後、あなたがミル様を国王陛下のところへお連れした。そうですよね？」

「えっ!?」

ミルドレッドは仰天した。

それでは、ギスランは最初から全てを知っていたということになる。

ライアンの射るような眼差しに、ギスランはもう一度深い溜息を吐いた。

「……アレクサンダー様が体調を崩し床に就いておられるので、様子を見に行ってくれないかと、陛下より命を受けた時には、ミル様の存在は存じ上げませなんだ」

白くなった睫毛を伏せて、ギスランはゆっくりとした口調で語り出した。

「アレクサンダー様は、陛下よりも一回りほど小さくお生まれになって、幼少の頃より病気がちでした。心配した前王妃が、アレクサンダー様を連れて、我が領地に年に何度も療養にいらしたほどに」

ミルドレッドには祖母にあたる前王妃にとって、ギスランの家は実家である。療養の地に選んでも不思議ではない。

「だが面白いもので、健康な国王陛下の性格は実におとなしく、病弱なアレクサンダー様は非常に勝気だった。二人はそれこそ太陽と月のように正反対。しかし互いになくてはならない存在で、とても仲が良かった。……だからこそ、陛下はアレクサンダー様の最期の願いを聞かずにはいられなかったのでしょう」

ミルドレッドは、肖像画の父の姿を思い浮かべる。女性的で、線の細い人。王と同じ目と鼻と口の形なのに、その印象が正反対だった。

(……ギスランの言う通り、太陽と月だわ)

「陛下はアレクサンダー様のところへ参ろうとする儂に、『エヴラールで預かりものがあるだろう。それを無事に私のところに持ってきてくれ』と仰った。てっきり手紙か何かだと思った儂は、気軽に請け負って旅立ちました。そしてエヴラールに到着し、アレクサンダー様の病状が思ったよりもずっと深刻で、そしてそれ故、自分の愛娘であるミル様を、陛下に託したいと考えておられることを知ったのです」

そこで一息つくと、ギスランはミルドレッドを見た。その金の瞳は、どこか悲しげに見えた。

「ベッドの中で、アレクサンダー様に、『この子は王の娘として育てていただくことになった。後見人を務めてほしい』と頼まれました。儂は躊躇しました。なぜなら、王太子殿下がお生まれになった際、王妃陛下から儂に後見人になってほしいとのお申し出があったのを、お断りしていたからです」

「え……、シャルルお兄様の？」

初めて聞いた事実に、ミルドレッドはまた驚かされた。といっても、初めて知った事実ばかりで、驚く以外のことができずにいるのだが。

ギスランは首肯して、今日何度目か分からない溜息を吐く。

「隣国フィニヨンから嫁いでこられた王妃陛下には、この国に堅固な後ろ盾がなかった。故に、我が家に目を付けられたのでしょうな」

王と王妃は政略結婚だったが、王妃の祖国であるフィニヨンは、歴史が古いことだけが取り柄と言えるほど小さな国だ。細長い大陸の端に位置するこの王国は半分島国のようなもので、ナダル王国はフィニヨンが唯一面積を接する国であることから、この政略結婚が成り立ったのだ。

したがって、隣国の元王女とはいえ、王妃に権威はほぼ無いに等しかった。それを補うために、権勢をふるっているギスランの家はうってつけだったのだろう。

「我が家は大きくなりすぎた。儂自身、王国軍総司令官という地位に就かせていただいただけでなく、息子は宰相、娘は王妃にまでなってしまった。その上、王太子殿下の後ろ盾になどなってしまえば、我が家は王家に匹敵するほどの権力を持つことになる。偏りすぎた権力は、国に混乱と禍をもたらしてしまう。それは儂の本意ではなかった。だからお申し出を辞退したのですが、それが王妃陛下の勘気を被《こうむ》る結果となってしまったのです」

「そ、そんなことがあったの……。それで、お母様……いえ、王妃陛下は、あんなにも」

王妃はギスランを毛嫌いしていた。だがミルドレッドは、自分が嫌われているから、ギスランも嫌われてしまっているのだと疑いもしなかった。そんな過去があったなんて。

「その儂が、アレクサンダー様の姫君の後見人になると言えば、王妃陛下の怒りを更に買ってしまうだろう、そう憂慮したのです。だが、すっかり痩せてしまった手をベッドからのばされ、儂の手を握ったアレクサンダー様に、否やとは言えなかった。……恐れ多くも言わせていただけば、アレクサンダー様は、儂の孫だ。幼い頃に抱き上げ、頬擦りし、かわいがった、儂の孫だ。その孫が、死の間際に自分の娘を頼むと言った。断れるはずがなかった……！」

ギスランは呻くように言って、声を詰まらせた。大きな肩が震えるのを見て、ミルドレッドレッドは内心で驚きながらも、眦が熱くなる。この大きな人が、泣くのを初めて見た。

「儂が承諾すると、アレクサンダー様は安心したように微笑んで、そのまま息を引き取られた。ミル様のことを託すまで、気力で保っておられたのでしょう。儂は、託された姫君を陛下のもとへお連れしてアレクサンダー様の訃報《ふほう》をお伝えするために、その後すぐに王都へと戻った。陛下はミル様を見て微笑まれ、『アレックスによく似ているな』と涙を流された」

言いながら、ギスランは腕をのばしてミルドレッドの手を取る。

金の瞳で、まっすぐに目を見つめられた。

「……姫様。陛下は、アレクサンダー様の忘れ形見であるあなたを愛していらっしゃる。隣国の王女である王妃陛下には、聖職者が子どもを得たという醜聞を伝えることができなかった。仕方なく陛下の非嫡出子と説明し、その上儂が後見人に収まったことで、王妃陛下はあなたを憎むようになってしまわれたのです。まだ乳飲み子のミル様を陛下が抱いているのを見た王妃陛下が逆上し、泣き叫びながらミル様に摑みかかったことがあり、それ以来、王妃陛下をこれ以上刺激しないよう、陛下はミル様に無関心であるように見せておられた。だが、決してあなた様を憎んではおられないのです」

ミルドレッドは微笑んで頷いた。

そうなのかもしれない。でも、そうではないかもしれない。

けれど、もうどちらでも構わなかった。

(私には、愛して望んでくれた、本当のお父様とお母様がいた。そして、今、こうして私を心配し見守り続けてくれた、ギスランと……ライアンがいてくれるから)

もう大丈夫だと思えた。

ミルドレッドは傍らにいるライアンに視線を向けた。

ライアンはこちらをじっと見つめている。ギスランと同じ金の瞳が、わずかに心配そうに揺れていた。

もう大丈夫だ。ずっと抱き続けた孤独と劣等感を、真実が払拭してくれたのだから。

(もう、あなたの手を放さなくては)

哀しくて、寂しいけれど、でも自分には、愛する人の幸福を祈る強さがあると信じたい。

娘の幸福を祈って手放し父に託した母や、信頼する者に託すまで気力を振り絞って生き永らえた父のように。

ライアンには、ちゃんと結婚し、幸せな家庭を築いてほしい。

愛し合っているのだと、堂々と言える立場の人と。

ミルドレッドとでは、そうはいかない。

これで子どもができてしまえば、自分と同じような、周囲を嘘で固めた歪な立場を、その子に強いなければならなくなってしまう。

自分の子に、そんなことはさせたくない。
我が子を我が子だと言って、愛しているのだと心から告げたい。
(だから、ライアンを手放そう)
彼に、自由を。
ミルドレッドは、静かにそう決意したのだった。

第七章

アレックスを牢から出した。

ミルドレッドの部屋から件のネックレスを盗ったとはいえ、彼にしてみれば自分の持ち物であったろうし、ミルドレッドに真実を伝えるために必要なことだったのだろう。

そしてミルドレッド自身、真実を知ることができて、心の底から良かったと思っている。

長年自分の中に押し込めてきた黒い蟠《わだかま》りを払拭できた。

両親から愛されて生まれてきたと知れたことで、こんなにも心が自由になれるとは。

自分自身でも驚いているほどだ。

親だと思ってきた父王、母妃に対して、もういいのだと諦め、踏ん切りをつけてきたつもりだったのに、自分が思ったよりずっとこだわり続けていたのだと思い知らされた。

本当の両親ではなかったのだと知った今、彼らを恨む気持ちはもうなかった。——正直に言えば、背中の火傷を負わされた王妃に対しては、少しばかり恨み言を言いたいところではあったが。

追いやられたと思っていたこのエヴラールも、亡き父が最期を迎えた場所だと思うと、運命すら感じてしまう。これまでは、『この地で生きていくのだ』と自分に言い聞かせるようにしていたのが、『この地で生きていきたい』と、心から望めるようになった。

だからアレックスには、感謝こそすれ、罰しようなどと思うはずがない。

(しかも、アレックスとは異父兄妹ということになるのだもの)

父親こそ違うが、同じ母のお腹から生まれた兄なのだから。自分が兄だと告げたい一心でやったことなのに牢屋に放り込まれて、さぞかし腹を立てているだろうと思ったが、ミルドレッドの部屋にやって来た彼は、意外なことに顔に満面の笑みを浮かべていた。

「怒っていないの?」

思わず第一声で訊ねたミルドレッドに、アレックスはキョトンとした顔になる。

「怒る? なんでですか?」

「だって、牢に入れられたのに……」

するとアレックスは「ああ」と肩を竦めた。

「牢ったって、別に拷問されたわけじゃないですしね。三食昼寝付き。快適でしたよ?」

「な、なるほど……」

そういう見方もあるのかと、肩透かしを食らった気分で、ミルドレッドは苦笑いを浮かべる。

以前から気づいてはいたが、異父兄はずいぶんとしたたかな人のようだ。

ミルドレッドは気を取り直し、椅子から立ち上がってアレックスの傍に行く。

アレックスは目を丸くして、目の前に立ったミルドレッドを見つめた。

見開かれた翡翠のような色の瞳を覗き込む。

「その瞳の色は、お母様譲り？」

「え？」

何を言われたか分からないと言ったように、アレックスが目を瞬いた。

「お母様よ、私たちの。お母様は、あなたに似ていたのかと思って」

ミルドレッドの容姿は、父譲りだ。髪の色も瞳の色も、顔の造りまで全部、父であるアレクサンダーと同じだ。母の特徴は受け継いでいないのだろう。だから、母はどんな人だったのだろうと考えて、兄であるアレックスに似ているのかと思ったのだ。

アレックスはようやくミルドレッドの質問の意図に思い至ったのか、少し戸惑ったような表情を浮かべた。

「え、いや。うーん。そう改めて言われると、似ていた、のかな……？　周りからはあまりそういうふうに言われなかったな、そういえば。だから、僕は父親似なのかもしれないですね。あー、目の色は、同じだったと思います」

曖昧な話しぶりに、ミルドレッドはハッとなる。

アレックスは娼館育ちで、しかも父親が誰か分からないと言っていた。そんな複雑な生い立ちだから、どちらの親に似ている、などという会話は、娼館ではしないようにするのがマナーだったのかもしれない。

それ以上その話題を続けるのも気が引けて、ミルドレッドは訊くのをやめた。母のことは知りたいが、人を傷つけてまで訊きたいわけではない。母のことはアレックスからしか聞けないから、少し残念だが。

ミルドレッドは気を取り直し、アレックスに向かって両腕を広げた。

「お兄様、抱き締めても？」

自分にとって、唯一の兄だ。親愛の情を示したい、そう思ってとった行動だった。

だがアレックスはポカンとした表情で固まった。

「ダメです」

すかさず一蹴したのは、背後に控えていたライアンだ。

ずい、と大きな身体をミルドレッドとアレックスの間に入れ込んで引き離す。

「な、なぜあなたがダメって言うのよ……」

アレックスならともかく、なぜライアンに拒否されないといけないのか。

唇を尖らせて文句を言えば、ライアンは真顔でキッパリと言った。

「俺が気に喰わないからです」

「……どういう理屈なの……」

　このやり取りに、ライアンの背後に隠されてしまったアレックスが、ブホッと噴き出す音が聞こえた。そのまま身体を曲げて震えながらクックッと笑っている。

　呆気に取られるミルドレッドの前でひとしきり笑い終えると、アレックスは涙を拭き拭き身体を起こしてライアンを押しのけた。

「いやぁ、本当にライアンはミルが好きだねぇ。さ、ミル、僕の妹！　おいで、ぎゅうぎゅう抱き締めてあげよう！」

　甘い美貌に全開の笑みをのせて、アレックスが腕を広げた。

「貴様！」

「あっれぇー、僕は君の大事なミル様のお兄様なんだよ？　お兄様に向かってその態度は良くないと思うぞ！」

　すぐさま青筋を浮かべたライアンに、アレックスがわざとらしい棒読みで反論する。

　くっ、と言葉を詰まらせたライアンにニヤリと口の端を上げると、アレックスは嬉々としてミルドレッドに向き直った。

「ミルー！　僕のかわいい妹！」

「お、お兄様……」

　そのまま本当にぎゅうぎゅうと抱き締められながら、ミルドレッドは半眼になる。先ほどまで感じていた、生き別れの兄に対する感慨がどこかへ吹き飛んでしまった。

だがアレックスの方はそうではなかったようで、ミルドレッドの頭をよしよしと撫でながら、しみじみとした声で囁いた。

「君が幸せになってくれて、本当に良かったよ……」

その独白のような囁きで、彼が本当に生き別れの妹の境遇を心配してくれていたのだと分かって、じわりと涙が浮かんだ。

「……お兄様、ありがとう……。あなたが会いに来てくれたからよ。嬉しかった。本当に、ありがとう……」

涙の絡む声で礼を言い、抱き締める腕にぎゅっと力を込めた。

しばらくそうやって抱き合っていたが、隣に立つ猛犬が唸り声を上げ始めたので、アレックスがまたクツクツと笑って抱擁を解いた。

「さあ、これで念願だった妹と再会できたし！　僕はそろそろ行くよ」

スッキリした顔で言われて、ミルドレッドは仰天した。

「えっ!?　い、行くって、どこへ!?」

てっきりアレックスはずっとここにいてくれるものだとばかり思っていた。人懐っこい彼は、城の使用人たちにもすっかり馴染んでいて、まるで最初からここにいたかのようだ。

ミルドレッドもそうだった。土砂崩れの中から拾ってきて、まだ二月《ふたつき》にもならないのに、いつの間にかアレックスがいるのが当たり前になってしまっていた。

兄だと分かってこれから兄妹の絆を深めていこうと思っていたのに。だがアレックスは不思議にもそうは思っていないようで、屈託のない様子で「うーん」と考えるように呟く。

「まず、行ってみようと思っていたフィニヨンに行こうと思ってるんだ。僕、こんな風来《ふうらい》坊《ぼう》みたいな感じだけど、実は外国には行ったことがなくてね。あそこは歴史のある建物が多くて、風光明媚《ふうこうめいび》な国らしいから、楽しそうだ」

ニコニコと告げられ、ミルドレッドは愕然としてしまう。

「そんな……だって、やっと会えたのに……」

ミルドレッドの悄然とした様子にようやく気づいたのか、アレックスはおやおやと眉を上げた。

「そんな顔しないで、ミル。もう会えないってわけじゃないだろう？　また近くに来たら、必ず会いに来るから」

「こ、ここに残ることはできないの？」

あまりにアッサリと去るというアレックスに、ミルドレッドは縋るように言った。

だがアレックスは困ったように頭を掻くだけだ。

「ミル、君という妹を見つけられて……すごく嬉しかった。旅のはじめには、『見つけられたらいいな』くらいに、半分夢みたいな気持ちだったんだよ。それがこうして本当に君を見つけられた。奇跡みたいだ。でも僕と君とでは住む世界が違う。僕は君のように、責任重大な役目に縛り付けられるのはとても無理だし、自由に生きたい。……だから、ごめん」

アレックスの話を聞きながら、ミルドレッドは彼が旅に出るついでに、『妹を捜そう』と思っていたと語っていたのを思い出した。

彼にとって、妹は常に傍にいるものではないのだろう。

(一般的に考えれば、そうよね……)

それに、領主であるミルドレッドの兄とはいえ、アレックスは貴族ではない。つまりこの城にずっと滞在するにしても、ミルドレッドの使用人という立場になってしまうだろう。貴族社会に生きる以上仕方のないことではあるが、兄妹間に壁があるのはやはり物悲しい。なにより、自由に生きたいと言うアレックスを縛り付けることはしたくない。

残念な気持ちを押し殺して、ミルドレッドはアレックスを見上げた。

「……また、会いに来てくれる?」

小さな問いに、アレックスは破顔した。

「約束するよ」

――こうして、アレックスはエヴラールを去って行ったのだった。

＊＊＊

小さな嵐とも呼べるアレックスが去って、また穏やかな日々が戻って来た。

採掘業者による土砂崩れの整備作業は滞りなく進んだ。山間での作業になったため危険を伴ったが、ミルドレッドが『どれほど期間が長くなってもいいから、万が一にも怪我人や死人が出ないよう、慎重に作業を進めるように』と厳命したことで、数か月かかったが、無事に作業が終了したと報告が入っていた。

長く採掘業者が逗留《とうりゅう》したことで、一時ではあるが経済効果もあったようで、カッセンの街もいつも以上の賑わいを見せている。

それ以外に目立ったことも起きず、エヴラールは平穏に季節を進めていた。

王宮から早馬で勅使が辿り着いたのは、そんなある日のことだった。


「――なんですって!?　陛下が!?」

執務室で引接した勅使が話した内容に、ミルドレッドは顔を蒼褪めさせた。

「今日より二日前の朝に、急な眩暈を訴えられてお倒れに。そのまま臥《ふ》してしまいになりました。現在は傾眠傾向にあり、起きておられてもあまり反応をお示しにならないような状態です」

「医師は何と？」

「頭の中での出血が疑われると……」

「……なんてこと！」

ミルドレッドは悲嘆し、両手に顔を埋めた。王家の者がよく同じ症状で亡くなっているため、それは死の宣告にも近かった。ただし頭の出血の場合、倒れてからすぐ息を引き取る場合と、そうでない場合がある。

「あなたを寄越したのは、王太子殿下？」

王が倒れているのであれば、名代は王太子か王妃となる。無論ライアンの父である宰相も輔翼《ほよく》するだろうが、王太子であるシャルルが既に成人を迎えているため、シャルルが指揮を執っている可能性が高い。だが万が一にも王妃であった場合、発言には充分注意が必要だと思ったのだ。ミルドレッドの確認に、勅使は首肯した。

「はい。現在シャルル王太子殿下が陛下の名代をお務めになっています。更に、王太子殿下は、エヴラール辺境伯であるミルドレッド様に、速やかに王城へ登城するようにとご命令です。陛下の容態が急変する前に、とのこと……」

ミルドレッドは息を詰めた。王の崩御《ほうぎょ》が近いのだ。

（……まだ、伝えていない……！　伯父様に、私が知ったことを。本当の王女ではなかったけれど、引き取ってくれたこと、ギスランの庇護下に置いてくれたこと、そしてお父様の最期の望みを叶えてくれたことに、ありがとうと、まだ伝えていない！）

記憶の中の王は、いつだってミルドレッドから顔を背けていた。

だが、本当は愛してくれていたのだと、ギスランが言った。

（行かなくちゃ……！　伯父様に、会いに！）

ミルドレッドは立ち上がり、控えていたライアンに命じた。

「すぐに王宮へ参る。支度を！」

「は！」

ライアンが短く返事をし、下の者へ指示を出すために素早く動き出すのを見ながら、ミルドレッドは思った。王都には、ライアンとギスランを伴うことになるだろう。

（……そうして、ライアンをシャルルお兄様に、頼もう）

エヴラール辺境伯が、自領を出て王都へ行くことはほとんどない。

あるとすれば王の崩御か、王の結婚くらいのものだろう。

（だからきっと、これが最後の機会だ）

ライアンの手を放すための。

（今度こそ、ライアンを自由に）

密やかな決意を胸に、ミルドレッドは王都へ向かった。

＊＊＊

馬を走らせて二日、久しぶりに見た王都は、立ちこめる霧雨に沈んで見えた。

まるで王城で起きていることの表れのようだと思い、そんな不吉なことを思った自分を叱咤する。出て行った時にはあれほど名残惜しかった景色が、今は懐かしさすら感じないことに少し驚いてもいた。

（それだけ、自分が変われたということかしら……）

強くなったのならいい、とミルドレッドは馬を御しながら、遠くに見える城を見つめて思う。

（ライアンの手を放してしまっても、前を向いて進んで行けるくらい、強く）

手を放すその時が、すぐそこに迫っていた。


王城に着くとすぐ、謁見の間ではなく、王の執務室へと招かれた。

二日間の道程の旅の汚れを落としたいと思わなくもなかったが、急を要するのだろうと黙って従う。執務室には、兄シャルルが立って待っていた。

「来たか」

ミルドレッドと、その背後にギスランとライアンが付き従っているのを見て、シャルルが短く言った。母妃譲りの華やかな美貌は相変わらずだったが、疲れているのか、若干顔色が悪く見えた。美しいサファイアブルーの瞳の下には隈があり、いつもは艶やかに撫でつけてある銀の髪もわずかに乱れている。

「お久しぶりでございます、王太子殿下」

ミルドレッドが膝を折って臣下の礼を取ろうとするのを、シャルルは片手を振って遮る。

「ああ、そういうのはいい。急ぎ、父上に会ってやってくれ。お前たちも来るといい」

最後の言葉は控えていたライアンとギスランに向けたものだろう。言うや否や、付いて来いと顎で促し、ドアへ向けて歩き出す。慌ててその後に続きながら、ミルドレッドは訊ねた。

「それほどお悪いのですか？」

「夢と現の狭間を行き来している感じだな。喋っても、うわ言のようなことばかりだ。……知らない女の名ばかり呼ぶから、母上を傍に置けなくてね」

「えっ……」

サラリと爆弾発言をするので、ミルドレッドは絶句してしまう。

品行方正で有名な伯父は、これまで浮いた噂一つなかったけれど、実は密かに王妃の他に愛する女性がいたのだろうか。

王妃は悋気《りんき》の強い女性だ。元々由緒ある王家の王女だった人だから気位も高いため、政略結婚であっても、王の心が自分以外の女性に向くのは許せないのだろう。

（……でも、最初こそ政略結婚であったとしても、きっと王妃様は伯父様を愛していらっしゃるのだろう）

そうでもなければ、あれほどたくさんの子どもを産めない。王妃はミルドレッドを除けば、王子を三人、王女を二人産んでいるのだ。

愛する夫が死の床で別の女性の名を呼べば、腹を立てるのも道理だ。

自分だったら耐えられないかもしれない、と思って、自分はその権利すら持っていないのだと気づいた。それどころか、これからその愛しい男を自由にし、この先彼が別の女性と結婚し幸せになることを祈らなくてはならないのに。

ズキリ、と胸が痛んだ。そんな自分に、この期に及んで、と自嘲が零れる。

王宮の回廊は長く、エヴラール城に比べると全てが豪奢だ。

（……こんな場所だったかしら……）

ミルドレッドはまるで初めて来た場所を歩いている気持ちでそれを眺めた。思えばここにいる頃は、いつも下を向いて歩いていた気がする。

「絨毯しか見ていなかったのかも」

ポツリと呟けば、シャルルが振り返った。

「え？　何か言ったかい？」

独り言を耳聡く拾われて、ミルドレッドは慌てて首を振った。

「なんでもありません」

「本当か？」

怪訝そうに眉を上げてもう一度確認するシャルルに、ふふっと笑いが込み上げた。

「なに？」

「……いえ、そういえばお兄様は、いつもそうやって確認なさっていたなぁと思って」

シャルルは自分の質問にミルドレッドが答えると、必ずそれが本当かどうかと確認していた。それは多分、あの暖炉の一件の後くらいからだったように思う。

「君は母上や他の兄弟に遠慮ばかりしていたからね。ちゃんと確認しないと、心とは裏腹なことを言っているんじゃないかって心配だった。……まあ、母上があういう人だから仕方なかったのだとは思うが」

「お兄様……」

昔から、疎外されている自分のことを、唯一気にかけてくれる優しい兄だった。

ミルドレッドは温かな気持ちになってシャルルを見つめる。そんなミルドレッドを、シャルルが切なげに見つめ返した。

「僕は、ずっと君を守ってやりたかった。だが母上を御すこともできず、いつも空回りしてばかりだった自分が、悔しくてならない。うまく守ってやれず、すまなかった」

　そんなふうに思ってくれていたのだと、改めて知らされて、ミルドレッドは必死で首を横に振った。

「いいえ……！　いいえ！　お兄様は、私に優しくしてくださいました！」

「だが、守ってやれなかった」

　頑なに言い張るシャルルに、ミルドレッドはもう一度しっかりと首を振った。

「いいえ。あの頃、お兄様の優しさが、どれほど私を励ましてくれたか分かりません。家族の中に、たった一人でも私を拒まないでいてくれる人がいる。それだけで、私は――」

「ミル……」

　声を詰まらせたミルドレッドに、シャルルが足を止めた。

　だがすぐ背後からライアンに声をかけられる。

「王太子殿下、ミル様、陛下がお待ちかと」

「……そうだな、急がねば」

　ほんの少しだけムッとした表情になったが、正論にすぐ頷くのはさすが王太子といったところか。シャルルはミルドレッドに目で合図すると、再び歩を進めた。

　やがて目の前に、この王城で最も豪奢な寝室の扉が現れる。その両脇に控えるのは、以前ライアンが団長を務めていた王立騎士団の騎士たちだ。彼らはシャルルと、その後ろに元上司であるライアン、そして指南役であったギスランの姿を認めると、一瞬驚いたように目を瞠ったが、すぐに直立不動の姿勢に戻った。

「今、中には？」

シャルルが手短に訊くと、右側の騎士が小声で答えた。

「今は誰も」

「では私たちが入ってから、声をかけるまで誰も通すな」

「は！」

命じる姿は堂に入っていて、今後彼がこの国を導いていくのだなと納得できるものがあった。

「さあ」

開かれたドアの前で、シャルルが振り返って促した。

この奥に、伯父がいる。そう思うと、なぜだか緊張が走った。以前、伯父を父だと思っていた時も緊張したが、それは『また冷たくされるのかもしれない』と、期待を裏切られることへの恐怖からだった。

今は、そうではない。そうではないが、これがどういう緊張なのか、ミルドレッド自身にも分からなかった。目を閉じて深呼吸をしてから、一歩を踏み出した。

王の寝室は、薄暗かった。

傾眠傾向にあると言っていたから、王に合わせているのだろう。

幾何学《きかがく》模様の絨毯は、この王国でも羊毛の産地であるイサール地方の物だ。その明るい色合いも、煌びやかな調度品も、薄暗い中ではあまりよく見えない。

シャルルは黙ったまま、部屋の奥にある続き間の扉に向かった。ドアは開かれたままで、その奥に天蓋付きのベッドが置かれている。

「父上。ミルドレッドを連れて参りました」

病人を驚かせないためか、シャルルが低い落ち着いた声音で声をかけた。すると、天蓋のカーテンの向こうで、モゾリ、と何かが動く気配があったので、王は起きているのだろう。

「失礼します」

シャルルが断りを入れてから、天蓋のカーテンを開く紐を引く。ミルドレッドは息を呑んだ。背後にいるギスランとライアンからも、同じように驚く気配がした。

ゆっくりと開かれた布の向こうに、幾重にも重ねられたクッションを背凭れにして寝かされた、王の姿があった。

口はだらしなく半開きのまま、その瞳は虚ろで光がなくどこを見ているのか分からない。

物静かで聡明な、それまでの王からはかけ離れた姿だった。

「……ッ、陛下……！」

嗚咽を堪えるような声を上げたのは、ギスランだった。

ギスランにとって、王は孫にあたる。自分よりもずっと年若いはずの王がこのような姿になって、やり切れぬ思いが込み上げたのだろう。

シャルルは慰めるような視線をギスランに向けたが何も言わなかった。

そっと王の横たわるベッドに腰かけると、耳もとに囁きかけるように告げた。

「父上。ミルドレッドと、ギスランと、ライアンです」

王はハシバミ色の瞳をゆっくりと巡らせたが、ギスランの名前に瞬きをする。

「……ギス、ラン……」

堪りかねたようにギスランが傍に走った。

「陛下、……アレクシス様、儂です。ギスランめが、参りましたぞ……！」

身を乗り出すようにして王の手を握り咽び泣くギスランに、王の目が見開かれる。

「……ギスラン……、サンドラは……？　サンドラは、どこだ……？」

その場が凍りつくのが分かった。

シャルルが諦めたような溜息を吐き、ギスランは分かりやすく身体を強張らせている。

王が知らない女の名を呼ぶ、と先ほどシャルルが言っていた。

それが、サンドラという名なのだろう。

（……待って、でも、『サンドラ』って……）

父に向けたあの手紙の主──つまり、ミルドレッドの母の名前だ。

(伯父様も、お母様のことをご存じだったの?)

繋がらない内容に眉を顰めた時、王が叫ぶように言った。

「ギスラン……サンドラを……、あの子が、泣いている……連れて、帰ってくれ、私の傍に……私の子に……」

(ああ……、伯父様は、昔に戻っておられるのだわ……)

恐らく、ミルドレッドを引き取るよう指示した時の記憶なのだろう。父と伯父は仲の良い兄弟だったというから、母のことを知っていてもおかしくない。

王妃を慮《おもんぱか》り、ミルドレッドに無関心でいるように努めていたが、ミルドレッドを愛してくれていたと、ギスランは言っていた。

今それが実感できて、ミルドレッドは涙を堪えられなかった。伯父は、意識が昏迷《こんめい》していてもなお、あの時のミルドレッドを心配し、自分の子としようとしてくれているのだ。

(この方もまた、確かに私のお父様だった……!)

ミルドレッドは衝動のままに、伯父のベッドに近づいた。

それに気づいたシャルルが、何も言わずそっと場所を譲ってくれる。

「お父様……」

ミルドレッドの囁きに、王がゆるりと視線を向けた。

王の目がミルドレッドを捉えた瞬間、大きく見開かれる。

そして、怒濤のように涙が溢れ始めた。

「……サンドラ！　ああ、サンドラ！　すまない、すまない……どうか、どうか私を許してくれ……！」

震える手をのばされて、顔を撫でられた。

「お父様……」

ただ名前を間違えているのか、或いはそんなに母に似ているのか。

今の状態の伯父に訊いても分からないが、彼が懸命に許しを請おうとしているのが分かり、ミルドレッドはそれを遮らなかった。母に対して、伯父は謝らなければならない何かをしたのだろうか。だが、父と引き離すようなことしていてもおかしくはない。聖職者であった父と、娼婦の禁忌の恋愛だったのだから。

ただ、死にゆく間際に神に懺悔《ざんげ》するように許しを請う伯父に、その許しを与えたかった。

これまで知らずにきた彼からの愛情に何か報いたかった。

ミルドレッドは頬に触れる伯父の手を、そっと両手で握る。

「ええ、許します。私は、あなたを許します」

ミルドレッドの言葉に、王は瞠目したまま沈黙し、ただ涙を流し続けた。

その涙に濡れたハシバミ色の瞳を見つめながら、ミルドレッドは伯父の上に父を重ねた。

父の半身だった伯父。あの肖像画の父と同じ目、同じ鼻、同じ口。なのに、印象の違う二人だ。

(でも、確かに同じでもあるのね)

父は、伯父の中にも存在する。そして、それは自分自身の中にも存在するのだ。

不思議な感慨を抱きながら、ミルドレッドは伯父の涙を指でそっと拭ったのだった。

＊＊＊

「それで？　話したいことって？」

執務室の一人掛け用のソファに身を沈めて、シャルルが言った。

ミルドレッドはシャルルと向かい合い、執務室のソファに座っていた。

王との謁見の後、シャルルと二人きりで話をしたくて、時間を取ってほしいと頼んだ。

この国を背負うことになるシャルルには、全てを話しておくべきだと思ったのだ。

するとシャルルは、「ではこの後、執務室で」とすぐに応じてくれた。

「何から話せばいいか――」

情報の膨大さに整理が追い付かず、言葉を選んで逡巡していると、シャルルが鷹揚に笑った。

「ゆっくりでいいよ。君の方から何かを話してくれるなんて、初めてだから嬉しいんだ」

そんなに喜んでもらえるような内容ではないので、複雑な気持ちになってしまう。

「……ありがとうございます」

とりあえず礼を言って、ぽつぽつと話し始める。

土砂崩れから始まり、アレックスのこと、双頭の鷲のネックレスのこと、森の隠れ家のこと、母のこと、父のこと——。

全てを話し終えた時には、小一時間経過してしまっていた。

シャルルは口を挟まず、黙って聞いてくれた。ミルドレッドの最後の言葉を聞き終えた後、彼は深い溜息を吐いてソファの背凭れに身を預ける。

「——つまり、君はアレクサンダー叔父上と娼婦の子で、本当は僕の従妹だってことかい？」

「そう、なりますね」

ミルドレッドは、硬い表情で首肯した。話した事実を、シャルルがどう受け止めるか不安だった。王の子でなかっただけでなく、娼婦の血を引いているのだから。

「そうか……」

シャルルは思案顔でどこか遠くを見つめた。執務室の中に降りた沈黙が重く、ミルドレッドは焦ったような気持ちになって言葉を紡ぐ。

「ですから……ないとは思いますが、万が一王位継承権の問題などが起こった際、私には資格がありません。また土地や物を相続する権利も然りです」

先回りをするように、『王の子でなくなった』自分に起こりうることを列挙する。

言いながらも、今更何を言っているのかと笑い出したくなった。そもそもミルドレッドは既にエヴラール辺境伯として臣籍降下していて王位の継承権はない。

するとシャルルが小首を傾げて、小さく笑った。

「……ミル。僕がそんなことで君を『妹ではないのだから』と言うはずがないだろう？本当の親が誰であれ、ミルはミルだ。僕のかわいい妹であることに変わりはないよ」

「……あ……」

かあっと顔に血が上るのを感じた。シャルルはいつだって『兄』であろうとしてきてくれたのに。彼の優しさを試すみたいなことをしたかったわけではない。

「ち、違うのです。そういうことを言いたかったわけではなく……！」

慌てて弁明すれば、シャルルはクスクスと笑いながら「うん、分かっているよ」と頷いてくれた。

「その、つまり、私は、シャルルお兄様にライアンのことを頼もうと思っていて……」

「ライアン？」

シャルルは意外だったのか、長い銀色の睫毛に縁どられた目を見開く。

「私は今回の登城を機に、ライアンをこの王都へ戻そうと決めてきました。王太子であるシャルルお兄様に、彼をお願いいたしたく……。ライアンは非常に優秀です。以前王立騎士団の団長も務めていましたし、必ずお兄様のお役に立てると思うのです！」

なんとか承諾してほしくて、一生懸命早口で推挙していると、シャルルが「待った」と掌を突き出した。

「ライアンが優秀なのは説明されなくても充分分かっているよ。訊きたいのは、君がなぜ急に彼を手放そうとしているかということだ。ライアンは君の腹心で……恋人、だろう？」

シャルルは困惑ぎみに、首を傾げている。

ミルドレッドは、シャルルにまで自分たちがそういう仲であるのを知られていたことに驚いた。だが、王となる者は『王の耳』と呼ばれる諜報部隊を持っていて、この王国でのあらゆる情報を入手できるらしい。ミルドレッドとライアンは、エヴラール城では同じ寝室で寝起きしており、使用人たちの間では公然の秘密だ。王太子であるシャルルが『王の耳』から情報を得ていてもおかしくはない。

それでもやはり恥ずかしくなりながら、居住まいを正した。

「私は……いずれ彼の手を放さなくてはと思ってきました。幼い頃から私を守るように教育されてきたせいで、ライアンは私の傍にいなければならないと思い込んでいるのです。私自身も、……自分に自信がないせいで、彼に守ってもらわなくては一人で立てないと、彼を利用し続けてきました」

ミルドレッドは、半眼を伏せて自分の内面を振り返りつつ、訥々《とつとつ》と語り始めた。ライアンへの気持ちをこうして誰かに話すのは、振り返ってみれば初めてのことだ。

「僕の目には、ライアンは好きで君に纏わりついているように見えるけれど？」

ソファの肘掛けに両肘を置き、頬杖を突きながら聞いていたシャルルが、面白がるような顔で反論を挟む。ミルドレッドは苦笑して小さく首を振った。

「それは……お兄様もご存じでしょう？　私の背中にある火傷の痕を」

ミルドレッドが言えば、シャルルは苦い顔つきになる。王妃によって暖炉に突き飛ばされた事件を、彼もまた目の当たりにしていたから、記憶に残っているのだろう。

「ライアンは、私が自分を庇ったせいでこの火傷を負ったと思っているのです。この火傷を負った時、私が生死の境を彷徨ったのがよほど心の傷になったのでしょう。これを境に、ライアンは私に傅《かしず》くようになったのです。だから、ライアンが私の傍にいるのは、罪悪感ゆえなのです」

そもそも、ライアンのせいではなかった話だ。

ライアンを庇ったから火傷を負ったのではない。王妃の憎悪は、初めからミルドレッドに向いていた。ライアンの方こそ、巻き込まれただけの被害者だ。

「ライアンには、罪などなかった。彼が罪悪感を抱く理由はないんです。だから、私の傍にいなくてはならない理由など――」

「なるほど。ライアンが君の傍にいる理由が、罪悪感ではイヤだってことだね」

話を途中で遮るように、シャルルの鋭い指摘が飛んだ。

話を遮られたことにも、その内容にも驚いて、ミルドレッドは唖然として視線を上げる。

シャルルは宝石のような双眸を煌めかせ、艶やかな笑みを浮かべてミルドレッドを見つめていた。その眼差しは、どこか挑戦的な色があった。

「ではどんな理由ならいいのかな？　忠誠心？　友情？　或いは同情？」

サファイアブルーの瞳に見据えられて、ミルドレッドは金縛りにあったように動けなくなる。炯々と美しく光るその目が、すうっと眇められた。

「それとも――愛情、かな？」

せせら笑うような響きに、ぐ、と喉元に熱い塊がせり上がってくる。

泣き叫びたくなって、ミルドレッドは兄を睨んだ。

「……いけませんか？　私が、愛情を欲したら」

涙を零すまいとすれば、声は必然、ひどく低くなった。

「……私だって、愛されたい……愛されたかった！　母親だと思っていた人に理由も分からず憎まれて、寂しかった。悔しかった！　傍にいてくれた人を愛してしまった。彼から愛されたいと思うことはおかしいですか!?」

激情は、けれど泣くのを堪えたために、掠れて、静かな吐露になった。

シャルルは黙ってそれを見つめていたが、やがておもむろに睫毛を伏せて、溜息を零すように微笑んだ。

「ライアンを愛しているんだね」

それは問いではなく、確認だった。柔らかく優しいその口調に、嘲笑われたと思ったことで燃え上がった怒りは一瞬にして冷まされる。カマをかけられたのだと分かったからだ。

カッと頬に血が上り、ミルドレッドは恨みがましくシャルルをねめつけた。

「……お人が、悪い」

「そうでもしなければ、君は僕に本音を言わないだろう？」

シャルルは肩を竦めたが、その表情には寂しそうな笑みがあった。

確かに、ミルドレッドは幼い頃から兄を慕ってはいたが、心を許したことはなかった。

自分以外の兄弟は全て王妃のものだという認識が、無意識に頭にこびりついていたのだろう。

「ねえ、ミル。そんなにライアンを愛していて、彼から愛されることを望んでいるくせに、なぜ手放そうと言うんだい？」

改めて問われて、ミルドレッドは即答できずに、言いよどむ。

「私では、彼を幸せにできないから……」

「なぜ？」

切り返すように再び問われて、ミルドレッドは一拍の間を置いて答えた。

「理由は……たくさんあります」

「うん。では一つずつお願いしよう。順番にね」

まるで子どもを諭すような言い方だ。ミルドレッドはだんだん不貞腐れた気持ちになる。

「私は、エヴラール辺境伯です。結婚はできない。私とでは、家庭が築けません。もし子どもが生まれてしまえば、私と同じ境遇を強いてしまう」

「なるほど。それは一理ある」

シャルルは手を顎に置いて頷いた。

「それから？　他の理由は？」

「彼にはもっと相応しい場所があると思うから。地位も名誉も、もっと望めるはずです」

「地位と名誉か。そんなもの、欲しいと思わない人間にとっては重荷でしかないんだけどね」

その最たる場所に立つシャルルが物憂げに溜息を吐いたので、ミルドレッドは驚いてしまう。

「お兄様は、王太子という地位は重荷なのですか？」

「面倒だなと思うことが大半だね」

目を丸くしていると、シャルルは眉を上げた。

「意外だったかい？」

「……それはもう」

文武に秀で、『完璧な王太子』とまで呼ばれている人が、そんなふうに思っていたとは。

するとシャルルはニヤリと口の端を曲げた。

「ミル。見えているものは、真実の半分にも満たないものだ。人というのは、自分のことすら全てを理解しているとは言えない。まして他人のことなど、見えているものだけで理解したと思うのは傲慢だよ」

「……肝に銘じます」

シャルルの言うことはもっともだ。顎を引いて頷けば、シャルルは一瞬唇を尖らせる。

「もっと歯向かってくれれば面白いのに」

「え？」

「まあいいよ。さ、次は？」

促され、ミルドレッドは考えながら口を開く。――これが一番の理由だ。

「ライアンは、私を愛していないから」

彼に愛されたい。愛以外の理由で、傍にいてほしいとは、もう思わない。彼が本当に愛する人を見つけてその人と幸せになれることを、遠くから祈る方がいい。

そんな、強くて清い愛を抱ける人になりたいのだ。

愛しているけれど、ミルドレッドの幸せを願って手放した、母のように。

ふむ、とシャルルが唸った。

「それから？　他に理由は？」

更に促され、ミルドレッドはしばらく考えた上で、首を横に振る。

「理由は、これだけです」

するとシャルルはにっこりと破顔して、両手を顎の下で組んだ。

「さて、君の話を聞いた上で、僕の見解を言おう。——ミル、君はずいぶんと傲慢なようだ」

麗しい笑顔でサクッと貶されて、ミルドレッドは呆気に取られてしまう。

「ご、傲慢、ですか？　私が？」

目をパチパチとさせていると、シャルルは大袈裟なまでにぐるりと目を回した。

「おいおい、考えてもみてくれ。今君が言った『ライアンを幸せにできない』という理由は、全部君の邪推と言ってもいい推測に過ぎないんだよ」

「ええっ!?」

言われていることの意味が分からず、ミルドレッドは狼狽えた。少し腹が立っていたかもしれない。シャルルは更に畳みかける。

「一つ目の『結婚ができない』。これについて、ライアンは結婚したいと言ったのかな？子どもが欲しいと？」

言われて、ミルドレッドは以前ライアンとその話をしたことを思い出す。

あの時ライアンは、『結婚なんかどうでもいい』と言った気がする。『ミルドレッドがエヴラール辺境伯になったことで、他の男と結婚できなくなったから喜んだ』とも。

「えっと……、ライアンは、そうは言いませんでしたが……でもそれは、私に気を遣ってのことだと思いますし」

「それだ、ミル」

ビシ、と指を向けて指摘され、ミルドレッドは目を白黒とさせる。

シャルルは眉間に皺を寄せて睨みつけてきた。

「『思います』。それは君が思っただけの邪推なんだよ。ライアンの意思とは違う」

「なっ……」

「さあ、次だ。『地位と名誉』、これをライアンが欲しいと言ったのかい？」

これについても、先ほどと同じ時に話題に上っていた。

ライアンは『地位など要りません！』と怒鳴っていた気がする。

「い、言っていません……」

だんだんと分《ぶ》が悪くなってきたのを感じつつ、ミルドレッドは正直に答えた。

シャルルが「ではそれも邪推と言っていいわけだ」と言いながら頷くので、頬を膨らませたい衝動を堪えなくてはならなかった。

「では最後だ。ライアンは『愛していない』と君に言ったのかな？」

「――言って、いません……」

呻くような声で答えたミルドレッドに、シャルルは「ふふふふふ」と意地の悪い笑みを漏らしている。

ミルドレッドにとって『真実』だったものは、シャルルにとっては『邪推』に過ぎないと言う。だが、そんなことを言われたからと言って、納得できるのならとうの昔にしている。

ミルドレッドにとって、愛情や好意は誰かから与えられるもので、自分から求めてはいけないものだった。王妃からの愛情は当然のこと、ギスランやライアンにも、自分に与えられる以上のものを求めてしまえば、呆れられて拒絶されてしまうのではないかと、常に不安を抱えていた。

だから小さい頭で一生懸命考えた。どうすれば呆れられないか。どうすれば傍にいてもらえるか。顔色を窺い、怒られないよう、呆れられないよう、細心の注意を払って動いていた。そうやってもヘマばかりして、結局は呆れられてしまったことも何度もあった。

相手がどう思うかを先回りして、本当はどう考えているのかと深読みするのは、ミルドレッドにとって処世術だったのだ。

「でも……でも、ライアンにとって幸せなのは――」

なおも言い募ろうとするミルドレッドに、シャルルは困った子どもを見るような眼差しを向けた。

「ミル。君にとって、ライアンは一番の腹心だと思っていたんだけど」

「その通りです」

「ではなぜ、ライアンの言うことを信じていないの？」

「――！」

正鵠《せいこく》を射られて、ミルドレッドは絶句した。

シャルルは柔らかく微笑んでいた。

「ミル。僕だったら、愛する人に自分の想いを信じてもらえないのは、とても辛い」

「……あ」

そう言われてようやく、ミルドレッドは『傲慢だ』と言われた意味が分かった。

ミルドレッドはこれまで一度も、ライアンの言葉を信じてこなかった。ライアンの想いを否定し、自分の考えを押し付け続けてきたのだ。

「私……」

己の傲慢さに狼狽えていると、シャルルが言った。

「ライアンと話し合ってごらん。ちゃんと、彼の気持ちに向き合いなさい。それでもまだ、彼をここに置いていくというなら、僕が責任を持って引き受けよう」

兄の優しさに、ミルドレッドは浮かぶ涙をグッと堪え、コクリと頷いたのだった。

＊＊＊

驚いたことに、王宮でミルドレッドが使っていた部屋は、そのままの状態で残されていた。女官が言うには、『陛下のご命令です』とのことだった。

（……伯父様は、本当に私を憎んではおられなかった）

これまで気づかなかっただけで、そこかしこに、その証拠があったのかもしれない。

馬旅で旅装も解いていなかったミルドレッドは、女官に促されるまま湯を使って身を清めた。ぬるま湯に身体を浸せば、凝っていた身体の筋が解れていくのが分かる。

ほ、と溜息を吐いてシャルルに言われたことを考えた。

ライアンの気持ちに向き合う。

これまで、『ライアンのことを思うなら』とそればかりで、ライアンの言った言葉を聞かないようにしていた。

（ライアンの言っていたこと……）

たくさんの言葉をくれた。

『俺は地位など要りません！　どこであろうが、ミル様がいればそれでいい！』

『結婚なんかどうでもいい。それどころか、喜びました。これで、ミル様が結婚できなくなった……！　これまでだって、いつミル様が他の男に嫁いでしまうかと戦々恐々としていた。ミル様がしないのなら、俺だって結婚などしない』

思い返せば、ライアンはいつだってミルドレッドを欲しいと言ってくれていた。

それをミルドレッドが、『刷り込みでしかない』と言い捨ててないものにしてきたのだ。

あれが、ライアンの本心であったなら。

(私は、ライアンを求めてもいいのかしら)

地位も身分も与えられず、結婚もできないのに？

なによりも、彼は自分を愛してくれているのだろうか？

「～～ああっ、もう！」

グルグルと巡るばかりの思考に苛立ち、手で湯船の水面を叩く。

バシャン、と大きな音が立ち、控えていた女官たちが驚いて声をかけてくる。

「ミルドレッド様、いかがなさいました⁉」

「……大丈夫、何でもないわ」

情けない声でそう言って、ズルズルと身体を滑らせ、頭まで湯に浸った。

入浴を終えて寝室に戻ると、ライアンが立っていた。

「ラ、ライアン!」

ライアンのことで頭がいっぱいなところにご本人の登場で、狼狽して上擦った声を上げてしまう。

ライアンはミルドレッドの顔を見ると、その精悍な美貌を綻ばせた。

「ミル様。お疲れかとは思ったのですが」

「あ、何か報告でも?」

登城してすぐに王との謁見や、シャルルとの話し合いなどが続き、ギスランやライアンとまともに話していないことに気がついた。

ライアンがサッと周囲に目を走らせたので、ミルドレッドは女官たちに退出を促した。

「ここはもういいわ。少し彼と話をするから、呼ぶまで誰も来なくていい」

王宮の女官は客人に余計な詮索をしないように教育されているのか、心得たように静かに立ち去ってくれた。

誰もいなくなったのを確認して、ミルドレッドはライアンに向き直る。

「……で? 何かあったの?」

だがライアンは質問に答えず、いきなりミルドレッドを抱き上げると、大股でベッドへと運んだ。

「えっ？　なに？　ライアン!?」

　ものも言わず問答無用でベッドに仰向けに寝かされ、ミルドレッドは驚いて起き上がろうともがく。だがその動きを封じるように、ライアンが上から圧し掛かった。

　大きな手で両手首を摑んで顔の真横に押し付けられる。見上げれば、無表情に自分を見下ろすライアンの美貌があった。

　その狼のような金の眼差しに冷え冷えとした光が宿っていて、ミルドレッドはゾクリと背筋に寒気が走った。

「ラ、ライアン……？」

　あまりの迫力に、名を呼んだ声は小さく、掠れていた。

「王太子殿下と、何を？」

「えっ？」

　狼狽していたせいか、何を訊かれているのか分からずに訊き返せば、ライアンは眉間に皺を寄せて目を眇めた。

「王太子と何を話したのか訊いているんです」

「え、お兄様と？」

　二回目でようやく意味が脳に達し、パチパチと瞬きをする。

「その、この後お兄様が跡を継ぐことになるだろうから、私の出自の真実を話しておかなくてはと思ったの」

「話したのですか？　どこまで」

苛立ったような声で矢継ぎ早に質問される。

いつになく高圧的な様子に戸惑いながら、ミルドレッドは正直に答えた。

「どこまでって、全部よ」

するとライアンはあからさまに眉根を寄せて、チッ、と舌打ちをした。

（——え……、ライアンが、舌打ち……？）

これまで自分の前では常に従順な態度だったライアンの、反抗的とも言える粗野な仕草に、ミルドレッドは内心驚愕していた。

「ライアン、どきなさい」

動揺を押し隠して、ミルドレッドは命じた。

いつものライアンとは違うことに、本能的な危機感を抱いていた。

押し倒され、上に圧し掛かられた状態では、威厳も何もあったものではない。いつも通り、優位な立場を確保したくて命じたのに、ライアンは小ばかにしたように眉を上げただけだった。

「ライアン！」

よもやライアンに小ばかにされることがあるなどと思いもしなかったミルドレッドは、

カッとなって叫んだ。

するとライアンは、ひどく平坦な声音で冷たく言い放つ。

「俺がいつでも言うことを聞くと思ったら大間違いですよ、ミル様」

「な……」

目を見開いて蒼褪めた。

（これは、本当にライアンなの……？）

こんなにも冷酷そうな顔をした男など、知らない。

（これは、誰……）

ミルドレッドの驚愕を嘲笑うように、ライアンが追い打ちをかける。

「あなたが俺のものでいてくれるなら、俺はいくらでも従順な犬になる。だが俺以外のものになるというなら、獣に成り下がって、ひとかけらの骨も、一滴の血も残さず、あなたを丸ごと喰らってやる」

言いながら、顔を下げてミルドレッドの唇に、文字通り喰らいついた。

「やぁっ、う、んんっ！」

唇に歯を立てられ、痛みに呻き声を上げる。

避けようと顔を振れば、手首を一纏めにされ片手で掴まれ、空いた手で顎を掴まれて固定された。そのまま問答無用に唇を重ねられ、舌を捻じ込まれる。

「ん、んんぅううう、ぐ、ううう！」

噛みつこうにも顎の関節を太い指に押さえ込まれて、ピクリとも動かせない。開かせられたままの唇の端から、掻き回された唾液が垂れる。

息もままならないほど口内を蹂躙された。

これはキスではないと思った。こんな痛みと苦しみしか与えられないものが、キスなわけがない。他ならぬこの男が、キスが官能と情熱を分け合うものだと教えてくれたというのに。

これまで、ライアンに乱暴なことをされたことなどなかった。

（どうして——どうして、こんな真似を）

息をする暇も与えられず散々弄られ、目の前が白くなりかけた頃、ようやく解放された。

涙で滲む視界で、ライアンの顔が歪んで見える。

「王太子は、あなたが妹ではないと知って、喜びましたか？」

「……え？」

何の話をされているのかまったく理解できず、ミルドレッドは眉根を寄せた。

だがライアンは、そんな彼女の反応を気にせずに続ける。

「あなたをエヴラールから連れ戻し、王妃にする約束でもしましたか？」

「え？　ちょ、待って。何を言ってるの、ライアン？」

彼が何を言っているのか、本当に分からない。

（連れ戻す？　王妃？）

何がどういう理屈でそうなったのか。理解不能とはこのことだ。

だが見過ごせない誤解があるのは確かだ。このままではいけないと、ミルドレッドは精一杯威厳のある顔を作ってライアンを叱り飛ばす。

「とにかく、この手を放しなさい、ライアン！　落ち着いて！」

だがライアンはにべもない。ミルドレッドの怒声にもまったく怯む様子がなかった。

「俺は落ち着いていますよ。質問に答えてください。王太子はあなたに何を言った？」

ライアンには譲る気配が皆無だ。このままでは埒が明かない。

「どうして私が王妃になるのよ!?　私はあなたのことをお兄様に頼みに行ったの！　それだけよ！」

怒りに任せて言ってしまってから、ハッとなる。

これは言ってはいけない類の内容だ。

「……俺のことを、王太子に頼む……？」

案の定、ライアンが地の底から湧いて出たような低い声で繰り返した。

彼の背後から真っ黒いものが噴き出している幻影が見える。

「それは、どういう意味ですか？　まさか、俺を、手放すおつもりですか……？」

問いをミルドレッドは否定できなかった。なぜなら、最初はそのつもりだったからだ。

どう説明しようかと逡巡していると、ビィ――!　と何かを裂く高い音が聞こえた。

「えっ――」

目を上げれば、ライアンが紙でも破くように、両手でミルドレッドの夜着を破り開いていて、絶句した。

この夜着は恐らく絹だろう。そう簡単に破けるはずがないのに。

夜着の下には何も纏っておらず、湯上がりの肌がライアンの眼下に晒される。ライアンは金色の瞳を炯々と光らせ、布切れとなり果てた夜着をミルドレッドの身体から引き抜いた。

「ラ、ライアン!　何を……」

何度も肌を重ねているとはいえ、いきなり着ている物を破かれたのは初めてだ。声を荒らげれば、ライアンは自らも服を脱ぎ出した。

「ちょ――」

これから彼が何をしようとしているかを察して、ミルドレッドは狼狽えた。

(これは、まずいわ!)

ライアンが何かを勘違いして逆上しかかっているのは間違いない。まずその誤解を解かなくては。

こんなに怒ったライアンを見るのは初めてで、ミルドレッドは生まれて初めてライアンに対して身の危険を感じていた。

しかし焦って逃げ場を探し、少しでも距離を取ろうと身を起こそうとすれば、気づいたライアンによって押し戻される。

ライアンは起こされたミルドレッドの上体を片手でやすやすと再びベッドに沈め、その上に馬乗りになった。

ライアンの身体は硬く、そしてずっしりと重く、ミルドレッドがどれほど力を込めて頑張っても退かすことができない。まるで巨大な丸太のようだった。

「や、やめなさい、ライアン！」

それでも虚勢を張って命令すれば、ふ、と鼻で笑われた。

「以前言ったことをもうお忘れのようですね、ミル様。俺はあなたの犬であるうちはあなたの命令を聞きますが、あなたが俺を捨てるというなら、もう命令など聞かないと言ったはずです」

言われてミルドレッドは、そういえばそんなことを前に言っていたかもしれない、とぼんやりとした記憶を探りつつ、わずかに首を傾げる。

曖昧な表情に、ミルドレッドがあまり覚えていないことを悟ったのか、ライアンがチッ、と舌打ちをした。

「あなたが俺の言葉を覚えていないのは、信じていないからだ」

その嘆くような声音に、ミルドレッドはドキンとした。シャルルの言葉が脳裏に蘇ったからだ。

『僕だったら、愛する人に自分の想いを信じてもらえないのは、とても辛い』

（……私は、もしかしたら、こうやってたくさんのライアンの言葉を、無かったものにしてきたのかもしれない）

なぜなら、自分を信じられないからだ。

自分に、彼に愛してもらえるほどの価値があるなんて思えなかった。

両親からすら愛されない自分が、誰かに愛してもらえるなんて思えなかった。だから、傍にいてくれる人たちも、憐れみや同情、そして責任感からだと思っていた。

（そうすれば、離れていってしまっても、仕方ないと思えるから）

自分が傷つくのが嫌だった。諦めることで、最初から傷つく理由を消してしまおうとしていたのだ。

ライアンは、いつだって傍にいてくれた。

何度も何度も、ミルドレッドの傍に『いたい』のだと、声にしてくれていたのに。

（失うことを怖がって、拒絶していたのは、私の方だったんだわ）

胸が痛い。

浴びせかけられるように伝えられていたライアンの想いに、涙が込み上げた。

砂漠に水を撒き続けるようなものだっただろう。与えても与えても乾き、霧散させられてしまう自分の想いを、彼はどんな気持ちで見てきたのだろう。

「ごめんなさい……」

ポロポロと涙を零して謝ったミルドレッドに、ライアンが歯軋りをして唸り声を上げた。

「……っ、謝れば、俺が言うことを聞くとでも？」

ミルドレッドは目を見開いた。

そうじゃない、と言おうとするのに、ライアンがキスで唇を塞いでしまう。怒りをぶつけるようなキスだった。荒々しく口内を貪られ、けれどミルドレッドは、今度は抵抗しなかった。彼が与える全てを受け止めたかった。

従順な様子に、ライアンが唇を外して皮肉げに笑う。

「命令は聞かないと言ったから、今度は阿《おもね》るのですか？　大いに結構ですが、そうすれば俺が諦めると思ったら大間違いだ」

眉間に皺を寄せた笑みは酷薄そうで、彼らしからぬ表情だったが、それでもやはり美しかった。

「ライアン……」

涙を浮かべて彼の名を呼ぶと、眉間の皺を更に深くしてまた舌打ちをした。

そしてミルドレッドの視線を避けるように、彼女の項に顔を埋める。

「あっ……」

感じやすい首筋に吸い付かれ、背中にゾクゾクとした慄きが走った。

ひくんと身を揺らした彼女に、ライアンがくぐもった笑い声を上げる。そのまま強く吸い付かれ、そこに痕を残されたのが分かった。

ライアンはわざと見える場所を選ぶかのように、首や鎖骨に無数の痕を付けていく。

「ん、ぁっ、あ、ライアンっ……」

軽い痛みと、肌がさざ波立つような快感を何度も与えられ、ミルドレッドの身体の中の官能を少しずつ呼び起こしていった。

ライアンの手が乳房にかかる。大きな両手で小振りな双丘を摑むように揉み上げられ、その乱暴な仕草に涙が滲む。

痛かったからではない。

ライアンに求められるのが、切ないほどに、嬉しくて堪らなかったからだ。

鎖骨を舐めていたライアンが、顔を下げて乳房の肉に嚙みついた。柔らかな肉に硬い歯が当てられる感触にゾクリとする。粟立《あわだ》った肌を宥めるようにベロリと舌が這い、ライアンがクックツと笑った。

「ああ、喰ってしまいたいな」

そう嘯《うそぶ》いた金の瞳が、獣じみた情欲にとろりと蕩けているのを見て、ミルドレッドはまたゾクゾクとした。

人が人を食べるわけがない。そう分かっていても、今のライアンならば本当に食べてしまいそうだった。

けれど自分でも驚いたことに、ミルドレッドはそれを怖いと思わなかった。

それどころか、ライアンに食べられるのだったら、それもいいと思った。

（ライアンに食べられて私が彼の一部になれるのだったら、それはとても幸せなことだわ）

嬉しくて手をのばしてライアンの頭をかき抱けば、ライアンが目を閉じて頭を手に擦り付けてきた。彼のサラサラとした髪の感触が、指の間を滑る。自分より少し高い体温に、愛しさが込み上げた。

「ライアン」

名前を呼んだことに意味はない。彼の存在をもっと実感したかったのかもしれない。

ライアンはそれには応えず、乳房の上で顔を動かし、その頂の赤い尖りを口に含んだ。

「あっ……」

熱く濡れた口内の、生々しい感触を胸の先に受けて、ミルドレッドは身に力が籠る。乳首を弄られると、すぐに下腹部が熱くなってしまうのを、経験で知っていた。

無論、本人よりもミルドレッドの身体を知り尽くしているライアンが知らないはずがない。快感を引き出すように、舌で乳首を技巧的に転がされ、ミルドレッドは嬌声を上げて身をくねらせる。

「つぁ、あ、ダメ、ライアン！」

何がダメなのか自分でも分からないのに、そう言ってしまうのはなぜなのか。

そんな曖昧な制止にライアンが止まってくれるはずもない。

しゃぶられていない方の乳首を指で転がされ、一度に両方を嬲られる強い刺激に、下腹部が一気に熱を帯びるのを感じた。

トロトロと自分の中が蕩け出していく。

どんどんと身の内側に甘い痺れが蓄積していくのに、それをやり過ごす術を持たないミルドレッドは、どうしようもなくて太腿を擦り合わせた。身体が快楽を欲しているのが分かっていた。

もじもじと下半身を捩るミルドレッドに気づき、ライアンが笑う。

それなのに直接的な刺激をくれようとはせず、更に乳首を嬲り続けた。

ミルドレッドは物足りなさに泣き出したくなりながら、ライアンに懇願する。

「ラ、ライアンッ、お願っ……」

黒い髪を掻き回すようにして伝えるのに、ライアンは笑うばかりだ。

「習練すれば、乳首を弄られる刺激だけで達するようになるそうですよ」

いじわるくそんな恐ろしげなことを言われ、ミルドレッドは泣き出したくなった。

フルフルと首を振って嫌がれば、ライアンはうっそりと笑って身を起こす。

ようやく与えてもらえるのかとホッとした彼女は、ライアンの台詞で蒼褪めた。

「欲しいのなら、強請ってみてくれますか」

ギョッとして目を上げれば、ミルドレッドから身を引いたライアンが、膝立ちの状態でこちらを見下ろしている。

端整な顔が、面白そうに笑っている。

「ね、強請ってって……」

自分も身を起こしつつ、どういう意味かと訊ねた。

けれどライアンはやり方を訊かれたと思ったらしい。

ニヤリと口元を歪ませて無慈悲に言った。

「四つん這いになって、尻を俺に向けて、自分で広げて見せてください」

「……なっ……！」

自分のその姿を想像して、ミルドレッドは血の気が引いた。

己ですらまともに見たことのない恥部を晒し、淫らに男を誘う恰好だ。

そんな恥ずかしいことなどできるはずがない。

「で、できないわ……！」

力なく首を横に振ると、ライアンがクスリと笑った。

そしてミルドレッドの手を取り、自分の下腹部へともっていく。

ギョッとするより先に、ライアンの硬く熱い昂ぶりに手が触れていた。

「あっ……」

「これが欲しくはないですか？」

ライアンのそれは、怒張と呼ぶに相応しく、太い血管を浮き立たせて天を突くように勃ち上がっていた。太く雄々しい肉茎、張り出した傘は艶々と赤黒く、その鈴口から透明な雫を零している。

ミルドレッドの手が触れると、悦ぶようにピクリと揺れた。

「これが、いつもあなたの中に挿入《はい》っている」

ライアンが耳もとで低く誘惑するように囁く。

「これで、奥を突いてもらうのがお好きでしょう？」

それを想像して、思わず、ギュッと目を閉じた。

この硬く逞しいものが自分の中を荒々しく侵す快感が、生々しく蘇ったからだ。

じくじくと下腹部が疼く。

「この中に、俺が欲しくはないですか？」

まるで悪魔の囁きだ。ライアンは言いながら、手をのばしてミルドレッドの脚の間のあわいを撫で上げ、薄い茂みを節くれだった指で梳く。

「あっ……」

羞恥心と欲望の間で葛藤するミルドレッドは、その刺激に他愛もなく身を揺らし、熱い息を吐き出した。

ライアンはふ、と吐息で笑い、割れ目に沿うように指を動かした。

くちゅり、と淫靡な水音が立った。

鼓膜を微かに震わせたその音に、ミルドレッドはカッと赤面する。その頰を、ライアンがべろりと舐め上げた。

「ほら、ここもこんなに涎を垂らすほど、欲しがっている」

いやらしいことを言われているはずなのに、その声音は労るように優しくて、ミルドレッドは思わず縋るように彼を見た。

ライアンは微笑んで囁く。

「欲しいなら、俺を誘って、ミル様」

命令のはずなのに、それはまるで請うような響きがあって、ミルドレッドは彼の言うことを聞いてあげたくなってしまう。

震えながら頷けば、ライアンが満足げに破顔する。

「さあ」

促され、唇を噛んで恥ずかしさを堪えながら、言われた通りの体勢になる。

まるで獣のように四つん這いになり、恐る恐る彼に向けて尻を上げる。全てを晒す恰好に、心臓がバクバクと音を立てた。これまで何度も彼に見られている場所だったけれど、こうして自ら曝《さら》け出すのは、堪らなく怖く、恥ずかしい。

死にそうな思いでやっているのに、ライアンは不満そうな声で更に要求してくる。

「言ったでしょう？　自分で広げるんです」

「ひ、広げるって……」

「指を使って。さあ」

何を広げるのかは、さすがに説明されなくても分かる。だがその場所に入浴や排泄以外で触れた回数など片手で足りるミルドレッドには、ライアンの要求は至難の業だ。

なかなか動けずにいると、ライアンの指がするりとそこに触れた。

「あっ……」

「こんなに涎を垂らしているのに……」

指が円を描くように動いて、くちゅ、とまた水音がした。

ライアンはそこを興味本位で弄る子どものように、おざなりに触り始める。

「あ、ぁ、ああ……」

「ああ、またこんなに溢れてきた。解してもいないのに、もうすっかりトロトロだ」

触れているのに、欲しい場所は決して弄らないその触れ方は、ミルドレッドの欲望を膨れ上がらせるばかりで、もどかしさに腰が揺れた。

「やあ、ライアン、お願い……！」

彼が欲しくて気が狂いそうだ。

だがライアンは譲らない。悪魔のような笑みを浮かべて、冷酷に告げる。

「欲しいなら、自分で広げて、俺を誘え」

いつにない強い命令に心臓を射抜かれて、とうとうミルドレッドは屈した。

戦慄く指で己の蜜口を広げると、泣き声で哀願する。

「お願い……あなたが欲しいの、ライアン……！」

「ミル様ッ！」

その瞬間、熱い塊に一気に押し入られる。

「ひぁあッ！」

目の前に火花が飛んだ。

愛撫に蕩けてはいたけれど、まだ解れていない隘路は、急激な侵入に驚いて肉襞を収斂させ、熱く太い肉楔をぎゅうぎゅうと締め上げる。

「ぅ、くっ」

背に圧し掛かるように覆い被さるライアンが、息を詰めるのが分かった。

彼の形がハッキリと分かるほどみっちりと埋め尽くされて、脊髄に痺れるような快感が走る。気がおかしくなるほど、気持ちよかった。

「っ、こんなに締め付けて、悦んで……俺のものは気持ちいいでしょう、ミル様」

ライアンは熱い息で囁きながら、腰を動かす。

緩く、強く、媚肉を抉るように出し入れされて、ミルドレッドはあられもなく啼いた。

「あ、あぁ、も、ぁは、んああ」

愛蜜が後から後から溢れ出し、ライアンの動きを助ける。掻き回された淫液が泡立ち、立つ水音がより淫靡なものに変わった。

腰を揺らされるたび、下向きになった乳房が揺れる。ライアンの手が伸びてきて、それを摑んだ。指の間で擦るように転がされると、ミルドレッドの膣内が悦ぶようにぎゅうぎゅうと蠕動《ぜんどう》する。

「あ、は、も、気持ち、いっ……」

「ああ、もう、ミル様……ミル様ッ！　クソッ」

圧し掛かるようにしていたライアンがガバリと身を起こし、柳腰を摑み、鋭く最奥を突き始めた。

「あっ!?　あ、あ、あ、あ！」

パンパンパン、と拍手のような音が部屋に響く。

短い間隔で抉るように膣肉を穿たれて、ミルドレッドの視界に火花が散った。身体に溜まった快感が凝《こご》り、溶岩のように真っ赤に焼けて、どろりと全身に広がっていく。

「ライアン、ライアンッ！」

快楽が膨れ上がる。もうすぐで弾けそうになった瞬間、ライアンがピタリと動きを止めた。

高みに上りかけて止められ、ミルドレッドは泣きながら振り返る。

「やあっ、どうしてっ」

「言ってください、ミル様」

自身も荒い息を吐きながら、汗に塗れたライアンが、燃えるような目をしてミルドレッドを見据えていた。快感と欲望に霞む思考のさなか、それでもミルドレッドは彼の金の眼差しに、切願の色を見つけた。

「約束してください。俺を離さないと」

「ライアン……」

ミルドレッドは胸が震えた。

ライアンは、いつもこんな想いで自分を抱いていたのだろうか。

(こんなふうに、自分を離さないでと、祈るように)

こうやって、ライアンは自分を捧げ続けていたのか。

ミルドレッドは彼を抱き締めたくなった。

「でなければ、俺は……あなたを喰らい尽くしてしまう……！」

ライアンが振り絞るように言った。

堪らずミルドレッドは腕を伸ばした。

「ライアンッ」

抱き締めたいのに、この体勢ではうまくいかない。だがミルドレッドの意図を察したのか、ライアンが覆い被さるようにしてキスをしてくれた。

パタリ、と彼の汗が頬にかかった。

身を捩るような苦しい体勢のキスは長く続かず、舌を絡めたかと思うとすぐに離された。

ミルドレッドは目を開き、至近距離にある金の瞳を覗き込む。

狼のような金色の瞳。自分だけの犬だ。自分だけのもの。

「愛しているわ、ライアン。あなたは、私だけのもの」

どこにもやらない。誰にも渡さない。

そう囁いて微笑めば、ライアンの目から涙が一筋零れた。

「……ミル様」

「どうか、どこにも行かないで。ずっと、私の傍にいて」

ミルドレッドの懇願に、ライアンは息もできないほど強く抱き締めた。

「ミル様……ミル様……ッ！」

「あっ、ひ、ぁあっ……！」

感極まったように名を呼びながら、ライアンが再び激しく穿ち始める。

激情をその身に受け止めながら、ミルドレッドは眩暈がしそうなほどの幸福感に浸った。

自分には決して得られないだろうと思っていた、愛し、愛される悦びが、本当はずっとこの手の中にあったのだと実感しながら。

＊＊＊

その部屋の前には衛兵が二人立っていて、彼が近づくと警戒するように身構えた。

だが彼の顔を確認するや、直立不動の姿勢になって敬礼した。それに軽く頷いて応えて、端的に質問する。

「殿下は？」

「は、中に」

「目通りを願う」

衛兵の言葉に被せるように言えば、中から声がかかった。

「よい、入れよ」

どうやら向こうも待ち構えていたようだ。

衛兵は少々慌てた様子でドアを開け、中に招き入れる。

「やあ、ライアン。来ると思っていたよ」

執務机に向かって仕事をしていたらしいシャルルが、立ち上がりながら麗しい笑顔で迎えた。そのままこちらに向かって歩いてくる。

「お邪魔かと思ったのですが」

「はは、よく言うね。……ああ、お前たちはしばらく外しなさい。彼と大切な話があるんだ」

後半は、ドアを閉めようとした衛兵に向けたものだ。

「は、しかし……」

命じられた衛兵は、少し戸惑った顔をする。恐らくまだ内密にはしているだろうが、王が危篤という緊迫した状況下だ。政変等を目論むなら今が絶好の機会である。そのため、王太子であるシャルルの身辺には最大級の注意が払われているに違いない。

それなのに持ち場を離れろと命じられれば、困惑するのも道理だ。

するとシャルルが眉を上げて笑った。

「お前、彼を誰だと思っているんだ？　ライアン・アンドリュー・タイラー元王立騎士団長殿だ。お前たちが束になっても敵わない相手だろう。何かあっても、彼が私を守ってくれるよ」

シャルルが鷹揚に言ってライアンの肩を叩く。ライアンの人間離れした強さを知っている元部下たちは、納得した顔で、「では」と言って退出していった。

「さて」

執務室にもその外にも人がいなくなったのを確認すると、シャルルは笑顔を収めてライアンに向き直る。

サファイアブルーの瞳が冷厳な光を放って、こちらを見据えた。

「どういうことなのか、説明してもらおうか」

低く唸るような声はそれまでの穏やかな美声から一変し、威嚇する響きを隠そうともしていない。

まるで虎だ、とライアンは笑い出したくなった。

平生は美しく穏やかで品行方正な王太子を装っているが、この男の本性は、冷酷で獰猛な獣だ。自分の目的のためなら手段を選ばないし、欲しいものを手に入れるためなら、何を犠牲にしても構わない。

そう考えている類の人間だ。

（俺と同じだ）

ライアンは幼い頃から、この目の前の王太子に自分と同じ匂いを嗅ぎ取っていた。それをいち早く察知できたのは、忌々しいことにこの男が自分と同じものを欲していたからだ。

――ミルドレッド。

シャルルにとっては自分の末妹だ。『欲する』対象であってはならない。

無論、そのことを本人も理解していたのだろう。だからこの男は、己の邪念を周囲に漏らさぬよう、細心の注意を払っていた。『完璧な王太子』という外面は、そのために創られていったとも言える。

だが、同じようにミルドレッドを欲しているライアンには、すぐに分かった。その深い青色の瞳の奥にあるどす黒い欲望が、己の中にあるそれとまったく同じだったからだ。

優しい兄の仮面を被って、事あるごとにミルドレッドに接触してくるこの男を、ライアンは常に警戒してきた。

いつ何時その仮面を剝ぎ取るか、戦々恐々としていたと言ってもいい。

なにしろ、相手はこの国の王太子だ。おまけに頭も悪くない。王位継承者だけが持ちうる全てを使ってミルドレッドを奪いに来たら、ライアンとて無事ではいられないだろう。

(――だが、やすやすと奪われるつもりはまったくないが)

いざとなれば、暗殺とて厭わない。身分上、周囲に手練れが配置されているだろうが、自分の敵ではない連中だ。王立騎士団の団長であった一年間で、軍部も、そして王周囲の警護や諜報を担う暗部の情報も網羅しているライアンにとって、王太子殺害はできない業ではない。――むしろ、それを得るために騎士団長などという面倒な職に就いたのだから。

「聞いているのか、ライアン！」

うすら笑いを浮かべるばかりで答えようとしないライアンに業《ごう》を煮やしたのか、シャルルが苛立ったように言った。

ライアンは肩を竦める。

「聞いていますとも。どういうこととは、何に関してのことを仰っておいでですか？」

飄々とした態度に、シャルルが青筋を立てたのが分かった。この男をこれほど狼狽させるとは、と内心腹を抱えて笑う。

「ミルドレッドが信じ込んでいる、あの嘘八百についてに決まっているだろう！　あの子がアレクサンダーと娼婦の娘？　ふざけるな！　あの子は正真正銘、父王の娘だ！」

ライアンは眉を上げた。

「なぜ、そう言い切れるのです？」

逆に訊ねれば、シャルルは一瞬沈黙する。

それから葛藤するように目を伏せて、フーッと絞り出すような溜息を吐いた。

「父の弟であるアレクサンダーは、女だからだ」

ライアンは金の目を瞠った。

フハ、と思わず噴き出す。堪えきれなかった。

クク、と肩を震わせて笑っていると、シャルルが不愉快げに唸り声を上げる。

「何がおかしい」

「いや、やっぱりあなたは知っていたんだなと思っただけですよ」

――そう。アレクサンダーは、女だった。

つまり、ミルドレッドの父親ではなく、母親だということだ。

前王と前王妃の間に生まれたのは、男女の双子だった。

この国には、王家に双子の男女が生まれた際、不吉とされて女児を殺さなくてはならないという伝承まがいの約束事がある。これに怯えた前王妃が前王と相談の上、女児を男児と偽って発表させたのだ。

この驚くべき王家の詐称の秘密を知っているのは、前王と前王妃、そして前王妃の父であるギスランだけだった。

ギスランはもちろん仰天し、それくらいならば自分の家で養女として育てると申し出たが、前王妃が首を縦に振らなかった。

双子だったため早産で、身体が小さく生まれた王女は非常に病弱で、長くは生きられないと医師に言われたのだ。せめて生のある限りは、自らの子として傍で見守りたいと譲らなかった。

前王妃の涙に、結局前王とギスランが折れた。

前王は王子をアレクシス、王女をアレクサンダーと名付け、彼らは双子の王子として育つこととなった。

（もっとも、秘密がこれだけであったなら、問題など起こらなかったのだが）

ライアンは笑いを収め、シャルルに向かって首を傾げる。

「ですが、どうして殿下はそのことをお知りに？　我が祖父と、前王、そして前王妃しかご存じない秘密のはずですが」

なんとなく、この男は知っているのではないかと思っていたが、それは勘という曖昧なものだ。幾重にも鍵をかけるようにして秘められてきたことを、この王太子が知ることになったのはなぜか。

単なる好奇心で聞いたのだが、意外な答えが返ってきて、驚くことになった。

「私がまだ幼い頃、父と叔父――いや、叔母が睦《むつ》み合っているのを見たことがある」

「――それは、また……」

度肝を抜かれる内容に、さすがのライアンも絶句する。

シャルルは何かを思い出すように遠くを見つめた。

「あれは私がまだ三つか四つくらいの頃だ。叔母がエヴラールへ行く前だから、やはり四つかな。夏の暑い日だった。母は妊娠していて、避暑に北の離宮へ行っていたと思う。姉たちは母について行ったが、私は王太子だからと連れて行ってもらえなかったんだ。王宮に一人残され、私は寂しさからよく父の寝室に潜り込んだ。無論、多忙な父はあまり寝室にいることはなかったが、それでも父の気配があると安心したのだろうな」

王太子と末弟が五歳差なので、恐らく末の王子が生まれた年の夏だろう、とライアンは見当をつける。ミルドレッドと自分が生まれる約一年前の出来事だ。その後アレクサンダーはミルドレッドを妊娠し、それを隠すためにエヴラールへと送られた。

「その日も私は父の寝所に潜り込んだ。一人でかくれんぼをして遊んでいて、そのまま眠ってしまったのだろうな。クローゼットの中で目覚めると、女性の啜り泣く声が聞こえてきた。なぜ父の部屋で、と恐ろしさを感じて、恐々クローゼットのドアの隙間から覗いたのだ。——父とよく似た女を、父が抱いていた」

一度言葉を切ると、シャルルはふっと自嘲めいた笑みを漏らす。

「同じ顔の男女が、生まれたままの姿で絡まり合って、愛を囁き合っている——不思議と、奇妙さをまったく感じなかった。美しいとさえ思ったよ。まるで、天使が戯れているようだと思った。だから私は、この美しい光景を、自分だけの秘密にしたんだ。父が天使と恋人だという、とても重要な秘密を、誰にも教えてはならないのだと」

語りながら、シャルルはソファに歩み寄り、そこにドサリと腰を下ろした。品行方正な王太子とは思えない、ふんぞり返るような行儀の悪い姿勢だ。

顎でライアンにも座れと促してきたので、黙ってそれに従った。

「それが叔父だと気づいたのは、叔父がエヴラール辺境伯に就任した時だった。蒼褪めて父を見つめるその眼差しが、あの時の天使と同じだったから。——つまり」

言って、シャルルは言葉を切って、痛みに耐えるかのような顔で瞑目する。

何が『痛み』なのかを、ライアンもまた知っている。

「ミルドレッドは、父と叔母の娘——禁忌の子だ」

絞り出すように低く吐き出された呟きに、ライアンもまた目を閉じた。

これが、『痛み』だ。ミルドレッドの出生の秘密を知り、それを隠そうとする者が持たなければならない痛覚。ミルドレッドから破滅を遠ざけるためには、この痛覚を常に機能させておかねばならない。

なぜなら、その秘密は、恐らくミルドレッドにとっては世界が終わるほどの『問題』であるのに、ライアンにとっては些末な『事実』でしかないからだ。

ライアンは神を信じていない。そもそも、何をもって『禁忌』だと言うのか。

犬や猫は兄弟どころか親子でも番《つが》う。人だけがそれを『禁忌』と騒いでいるだけだろう。

無論、濃すぎる血が奇形を産みやすくなることは知っている。血脈を貴ぶ国が近親婚を繰り返した結果、目が見えなかったり、指が一本多かったりする子ばかりが生まれてくるようになったというのは、わりと有名な話だ。

(濃すぎる血を残してはならないと言うなら、子など作らなければいい話だ)

ライアンにとって、大切なのは子ではなく、ミルドレッドだ。子に降りかかる困難を憂いて彼女を手放すくらいなら、子など要らない。

だから、兄妹で愛し合った王とその妹姫を、そのことで責めるつもりは毛頭ない。そもそも彼らが愛し合ってくれたおかげで、ミルドレッドがこの世に誕生したのだから。

ミルドレッドは、血を分けた双子の兄妹の間に生まれた娘――それがどうした。

『禁忌』だと言うならば、その『禁忌』ごと呑み込んでやる。

ライアンは目を開けて、うっすらとせせら笑う。

「――ええ。それで？」

ライアンのふてぶてしい顔に、シャルルが小さく舌打ちをした。

「それを、娼婦の娘？　父違いの兄？　どこからそんな大嘘が出てきた。全てお前の仕込みか？」

同じことをギスランにも訊かれたことを思い出し、またもや噴き出してしまう。

「ご明察。父違いの兄役は、俺の子飼いが務めてくれました。少々調子に乗りすぎたきらいはありますが、良い仕事をしてくれましたよ」

ライアンは自分の忠犬の顔を思い浮かべながら話した。

アレックス――サムは、元は舞台役者だった男だ。ライアンが騎士団長をしていた時に、王都で繁盛していた劇団がならず者に襲撃された事件があった。その制圧に出て行ったライアンが偶然命を救ったことがきっかけで、忠誠を誓うようになった。役者というから諜報に使えるかもしれないと飼うことを決めたが、正直役に立つかどうか五分五分だと思っていた。飼い主をからかうような悪癖もあるが、結果的に非常に役に立ってくれた。

「エヴラールの森にあるという隠れ家については？」

「あれは視察をしていて偶然見つけたんですよ。使用人の話では、アレクサンダー様は城の生活は窮屈だと仰って、就任してからほとんどの時間をあの隠れ家で過ごされたとか。自分の乳兄弟のみを傍においたらしく、変わり者の多い歴代の辺境伯の中でも特に変わり者だと言われていたようです」

説明に、シャルルは額に手をやって「なるほど……」と呻いた。

気の毒だな、とライアンも思う。女性であることをひた隠しにしなくてはならないのは、たいそう窮屈な生活だっただろう。

「祖父から聞いた話では、あの隠れ家でミルドレッド様を出産なさったらしいです。アレクサンダー様はエヴラールでもあくまで男として生活をしなければいけませんでしたから。もしかすると、あの隠れ家でのみ女性に戻れるようにと陛下が贈られたのかもしれません」

あの隠れ家は、ミルドレッドのためではなく、アレクサンダーのための家だったのだ。壁に掛けられていた肖像画も、ミルドレッドではなく、女性の服を身に纏ったアレクサンダーなのだろう。あまりにもよく似ているから、ミルドレッドは自分だと信じたようだったが。

ミルドレッドに渡した手紙の最後に書かれていた『サンドラ』という名は、アレクサンダーの女性名である『アレクサンドラ』の愛称で、『アレックス』は王の名であるアレクシスの愛称だ。

恐らく、二人きりの時にだけ使っていた名なのだろう。

「まさかとは思うが、土砂崩れもお前の仕込みか？」

眉根を寄せつつも興味津々といった体で訊ねられ、ライアンは苦く笑った。

「ご冗談を。土砂崩れが起きたという情報を入手してから仕込んだんです」

「なるほど」

嘘を本当にするためには、嘘に現実を対応させていては不自然になる。現実に嘘を対応させなくてはならないのだ。

「ネックレスは？　どうやって入手した？」

「あれは元々祖父が持っていたのです。ミルドレッド様を預かった際に渡されたのだとか。ですが、双頭の鷲などという代物をミルドレッド様が持っているとなれば、あらぬ誤解を生む。陛下と相談の上、祖父が預かることになったらしいのですが……まあ、実家で俺が見つけて拝借していたというわけです」

おかげでネックレスを見られた瞬間、祖父には計画をバラすことになったが。王家に忠誠を誓うあの頭の固い爺がどんな決断を下すか心配だったが、自ら育てたも同然のミルドレッドに天秤が傾いてくれて良かった。あの爺を下すのは、さすがのライアンでもかなりてこずるだろうから。

全ての手の内を明かしてやれば、シャルルは呆れたようにライアンを見遣って、もう一度大きく溜息を吐いた。

「そこまでの大がかりな仕掛けをしてまで、あの子を騙す理由はなんだ？」

ライアンは薄く笑う。

『あの子を騙す』――この王太子は本当にばかではない。

この一連の計画が、『ミルドレッドを騙す』ためのものだと理解しているからだ。

「あの方を――ミルドレッド様を、解放するためです」

「――」

微笑んで言ったライアンに、シャルルが絶句した。

多分、その言葉の意味を正確に理解できたからだろう。

それでもライアンは口を開く。言われなくても理解したとしても、目の前に突きつけてやらなければ気が済まなかった。

「ミル様は、不当に全てを奪われてきました。父親も、母親も、それから与えられる温もりと愛情も。そして王妃から理不尽な憎悪を向けられ続けてきた。何度も何度も傷つけられていく中で、彼女は涙を零さなくなった。泣かずに、笑うことで痛みをやり過ごし、全てを諦めようとしてきた。彼女には、諦めなくてはならないような咎など何もないのに！これが、不当でなくて何なのです？」

幼い頃、ライアンもミルドレッドを軽視していた。虐められてもばかにされても、ただへらへらと笑っているだけの彼女が、負け犬のように見えたからだ。

だが、薔薇の咲く中庭で一人、声を殺して泣く姿を見た時に、彼女が本当は泣くのをずっと堪えていたのだと知った。

(ばかなのではない。泣かずに笑ってやり過ごすことで、己を保とうとしていたのだ)

そう気づいた時に、彼女を守ろうと誓った。

誰よりも気高く、尊い主。守りたいという気持ちは、いつしかこの腕の中に囲い、自分だけのものにしてしまいたいという欲望に取って代わった。

(この腕の中ならば、誰にもあなたを傷つけさせないのに。そして、その涙も、笑顔も、全て俺だけのものにしてしまえるのに)

自分の犬が、主にそんな不埒な想いを抱いていると、ミルドレッドはきっと知らなかったに違いない。抱いてくれ、と言って迫ってきたあの夜ですら、自分が無理やり迫っているのだと思っていたようだった。

(——俺にとっては、僥倖《ぎょうこう》でしかなかったというのに)

あの夜、自分を選んでくれたから、ライアンは彼女の全てをこの手の中に収めてしまおうと決めたのに。それまで抑え込んできた欲望の堰《せき》を切ったのは、他ならぬミルドレッドだ。

目を見開いて言うライアンを、シャルルが黙ったまま見つめていた。

「父親であるあの男は、あの方に己の罪を全て被せた」

「――ライアン！」

王に対するあまりに不敬な物言いに、さすがにシャルルが眉宇《びう》を顰めて叱咤の声を上げる。だがライアンはそれを鼻で笑った。

「現実ですよ、殿下。いくら美辞麗句で誤魔化そうと、ミル様にとってはそれが現実だった！　実の父親に見捨てられ、人身御供《ひとみごくう》よろしく、王妃に虐め抜かれるのを黙認されていたのだから。あまつさえ辺境伯になどさせ――子を産む機会を潰そうとした」

その理由は、もちろんミルドレッドが『禁忌』の子だからだ。

兄妹の間で生まれてしまったミルドレッドは、子をなしてはならない。その血は、穢《けが》れてしまっているから――そんなところだろう。

「なぜだ？　どうしてあの方が全てを被って、一人孤独にあの辺境で朽ちていかねばならない!?　あの方は何も悪くないのに！」

「……ライアン……」

激情の吐露にシャルルが気圧されたように名を呼んだ。ライアンはその顔を睨みつける。

「あなたも同罪だ、殿下。王妃に虐められているミル様を可哀想にと構うくせに、彼女の不当な待遇を改善しようとしなかった」

その糾弾に、シャルルがぐ、と言葉に詰まった。自覚があったのだろう。

この城の中で、ミルドレッドの不幸を不当だと、誰もが思っていた。

それなのに、誰もが見て見ぬふりをしてきた。

「王と、その双子の妹であるアレクサンダーこそが歪な関係を持ったにもかかわらず、その歪みを子であるミル様に押し付けて、あの僻地に押し込めることで無かったことにしようとした。それを知った時、俺は彼女をこの柵から解放しようと決めた」

そのためには、彼女にこの醜悪な事実を教えるわけにはいかなかった。

ミルドレッドは良くも悪くも、常識的な感性を持っている。幼い頃の環境が原因なのか、人の目を気にしてしまう性分なのだ。これで自分が近親相姦の上で生まれた子だなどと知れば、絶望して自ら命を絶ってもおかしくない。

だから、彼女にできるだけ優しく、幸福な『真実』を作り上げることにしたのだ。

「全ては、ミルを幸福にするための『箱庭』を創るため、か……」

吐息のようにシャルルが言った。

言い得て妙な表現だな、とライアンは眉を上げる。さすがは『文武に秀でた完璧な王太子』というところか。こちとら武のみで、文にはとんと理解がない人間だが、それでも感心するほど巧《うま》い比喩だ。

そんな場違いな感想を浮かべていたら、シャルルがスッ、と青い目を眇める。

「それで？　私に何をさせようと？」

ライアンはわずかに瞠目した。ここまで察しが良いと、少々気持ちが悪い。驚いているのが相手にも伝わったのだろう。シャルルが皮肉げに口元を歪める。

「なんだ？　そのためにわざわざ毛嫌いしている私のところへ来たんだろう？」

嫌味たらしく言われ、ライアンはなんとなく首を傾げた。

「そんなに態度に出ていましたか」

「むしろそんな態度しか出ていなかったが」

呆れたような口調で返され、そうだったかな、と肩を竦める。確かに別段隠すつもりもなかった。

「それは申し訳なかった。殿下はミル様を不埒な目で見ておられたので」

「否定はしないが、言い方をもう少しどうにかできないかな」

カマをかけたつもりが、アッサリと認められてライアンの方が驚いてしまう。

思わず視線を投げれば、シャルルはこちらを見てフフンとせせら笑っていた。

「……なるほど。もう隠すつもりはないと？」

シャルルは気だるげに銀の髪を掻き上げる。

「さてね。お前の前では隠しても無駄だと思っただけだよ。……それにお前には兄妹で愛することに対する抵抗感がないようだから」

「ミル様が実の妹であったとしても、俺は同じことをしますから」

彼女には血の繋がりがあることを隠し、この腕の中に囲っただろう。

彼女が幸福なまま生きていけるように、どんなことでもするに違いない。

今と同じだ。まったく変わらない。

事もなげに言い切ったライアンに、シャルルが降参だとでも言うように両手を上げる。

そして天を仰ぐと、その両手で自分の顔を覆った。

「――あの子を頼むよ、ライアン。どうか、幸せにしてやってくれ。これまでの哀しみを超えるほどの幸福を、どうか……」

くぐもった懇願は、ひどく弱々しかった。まるで罪人が神へ懺悔するかのように。

早々の降伏が意外で、ライアンはつい訊ねてしまった。

「いいのですか？　あなたはミル様を愛しているのだと思っていましたが」

シャルルは顔を手で覆ったまま、ふふっと肩を揺らして笑う。

「確かに、私はミルを愛してきたよ、女性として。……だが、お前の言った通り、私は彼女を可哀想に思っても、本当の意味で手を差し伸べようとはしていなかった。上から見下ろして、ただ慰めようとしていただけだと気づかされたよ。私は、お前のようには愛せない」

　そう言って、シャルルは顔から手を外して、ライアンに向き直った。

「私は何をすればいい？　あの子が幸せになるために――いや、そんなことはおこがましいな。罪悪感を軽くするために、私にできることなら、何でもしよう」

　ライアンはニヤリと笑う。その言葉を待っていた。

「あなたにしかできないことです。王太子殿下――」

　いずれ――いや、もう間もなくこの国の王となる、この男にしか。

終章

初冬の涼やかな風が頬を撫でる。

ミルドレッドが顔を上げれば、白いベールの向こうに青いエヴル山が見えた。その山頂が白くなっているのに気づき、思わず「あっ」と声を上げてしまった。

すると腕にミルドレッドの手を置いて、共に厳《おごそ》かな足取りで歩んでいたギスランが、おや、とでも言うように白い眉を上げる。

壮健そのものといったギスランは、今日は漆黒の騎士服という武官の正装である。威風《いふう》堂々《どうどう》たる姿は、とてもそろそろ傘寿を迎える老人とは思えない。

「……どうなさいましたか、姫様」

そっとミルドレッドだけに聞こえるように囁かれ、こちらもまた囁き声を返した。

「エヴル山に、雪が降ったみたい」

言われてギスランは、ふ、と視線を一瞬山の方へ向ける。

「本当ですな。今年の冬は遅いと皆が言っておりましたが……」

「初雪ね」

ひそひそと囁き合いながら歩いていると、途中でゴホン、とわざとらしい咳払《せき》いが聞こえてきた。ギスランとミルドレッドが進んでいる先に立っていたライアンが、不機嫌そうにこちらを睨みつけている。

「なんだ、小僧。せっかちな男は嫌われるぞ。ミル様、本当にこんな男でいいのですか？　今の内に、もう一度よく考え直されては」

呆れたように説教を始めるギスランに、ライアンが額に青筋を立てる。

「いいから無駄口を叩かず、早く俺のところにミル様を連れてきてください！」

なぜ俺よりも先に爺様が花嫁姿のミル様に触れているのだ、と非常に狭量な台詞を堂々と吐いていて、ミルドレッドは少々心配になる。

だがベール越しに見ても、白い花婿姿のライアンは素敵だ。鍛え上げた体軀にぴったりと沿うように仕立てられた衣装は、文句なく彼に似合っている。黒く艶やかな髪はきっちりと後ろに撫でつけられていて、普段の粗削りな雰囲気とは異なり、非常に上品そうに見えるのもまた素晴らしい。髪の色が黒いから、普段はあまり白い衣装を着ないライアンだが、こうして着ているのを見ると、白も煌びやかで、彼の凛々《りり》しさを引き立てていて、なかなかいい。

至極満足しているミルドレッドの隣で、ギスランとライアンが大人げないやり取りを続けている。

「相変わらずミル様のこととなると度を越すな、お前は！」

「耄碌爺はすっこんでいていただきたい。これは俺とミル様の結婚式なのです！」

いよいよどうしようもなくなってきた会話に、列席者から「ぅおーい」と間延びした声がかかる。

「結婚式だってのに、なんであなたたちそんなに私語が多いんですか？　っていうか、結婚式なのに墓地っておかしくないです？　始まる前に終わっちゃってるけどいいの？」

ゲラゲラと笑いながら首を捻っているのは、アレックスだ。こちらもちゃんと正装をしてくれている。無論、借り物だが。

ミルドレッドもまた笑い出しながら、言った。

「おかしくないのよ！　私、神様よりも、お父様に結婚を認めてほしいから！」

今日はミルドレッドとライアンの結婚式だ。

といっても、内々の式で、列席者はギスランとアレックスだけで、しかも場所はアレクサンダー元辺境伯の墓標《ぼひょう》の前である。これはミルドレッドのたっての願いで、ライアンと結婚し、幸せになるのだという宣言を、父の墓の前でしたいと思ったのだ。

ギスランは「本当にやるおつもりですか」と最後まで渋っていたけれど、ライアンは「ミル様がやりたいのであれば」と笑ってくれた。

昨日エヴラールにやって来てくれたアレックスは、先ほど式の内容を知って大笑いしていた。

「ミル様！」

ライアンが痺れを切らしたように叫んで、ミルドレッドに向かって両腕を広げる。

ミルドレッドは笑って、その腕の中に飛び込んだ。


父王——伯父が亡くなって一年が経過していた。

葬儀はしめやかに行われ、王位には王太子シャルルが就いた。

王位に就いてからのシャルルは、それまでの『穏やかな王太子』の仮面を剝ぎ取り、勇猛で冷徹な為政者へと変貌した。

良くも悪くも保守的で変化を好まないこの王国の、時代遅れの法律や制度を片っ端から改革し、民主的な新しい風を入れようと取り組んでいるようだ。

これに対し、昔ながらの『神のごとき王族』を体現したかのような母である前王妃とは意見が対立した。浪費を繰り返す前王妃に業を煮やしたシャルルは、就任早々に前王妃を王立修道院に幽閉してしまった。無論、表向きには『前王の魂を弔《とむら》うため』としているが。

更に政策の一環として、エヴラール辺境伯位の在り方も見直され、『辺境伯位』は廃止され『侯爵位』へと改められた。

エヴラールはそれまで国境警備軍という巨大な軍事力を『聖職』という名のもとに所有していた。それを、国境警備軍を王の直轄軍とすることで、他の領地と同じ立場にしたのである。

これにより、エヴラールの領主が『聖職』である理由はなくなり、エヴラール侯爵の結婚と世襲が認められたのである。

その知らせを聞いた時、ミルドレッドはポロポロと涙を零した。

結婚などという形にこだわる必要はないのだと、ライアンは言ってくれた。

要は、ミルドレッドとライアンが互いを必要としていて、共に在ること、それが一番大切で、譲れないことなのだと、彼女も納得していた。

それでもやはり、これが私の愛する人なのだ、と胸を張って公言できると思うと、どうしようもなく安堵してしまった。

泣き崩れたミルドレッドをライアンが抱き寄せ、優しく口づけた後、跪いて彼女の手を取った。

『ミルドレッド・エレイン・ルーヴァン・ナダル——俺のたった一人の主。どうか俺に、あなたを愛する権利をください。どうか、俺の唯一に——妻になってください』

ライアンのその台詞のおかげで、ミルドレッドは更に泣きじゃくる羽目になったのだった。

＊＊＊

純白のドレスに身を包んだミルドレッドを、ライアンはいとも簡単に抱き上げて、クルクルと子どものように回した。キャア、と歓声を上げて笑うその愛らしい頬に口づけると、ミルドレッドがクスクスと笑いながら、キスを返してくれる。

「ああ、素敵ね、ライアン。私たち、とても自由だわ！　私、あなたを愛しているって、大声で叫んでいいのね？」

はしゃいだように言うその花のような笑顔が眩《まぶ》しくて、ライアンは金の目を細めた。

「存分に」

頷けば、彼女はくしゃりと笑みを深めた。

「愛しているわ、ライアン」

「俺もです。愛している、……ミルドレッド」

敬称を付けずに名を呼んでみると、ハシバミ色の目が丸くなって、みるみる顔を真っ赤にした。

その様子があまりにかわいらしく、しばらく茫然と見入っていると、ミルドレッドは小さな手で頬を押さえて、恥ずかしそうに呟いた。
「……どうしましょう。私、死んでしまいそうよ、幸せすぎて……」
堪らず、腕の中の彼女を更に抱き寄せた。
胸の中に温かいものがいっぱいに広がっていくのを感じる。
ああ、彼女が幸せなら。
彼女の幸せのためなら、これからも自分は何だってするのだろう。
(それが、俺の幸せでもあるのだから――)

あとがき

――こうしてみんな幸せに暮らしましたとさ。めでたしめでたし。

よくあるおとぎ話のエンディング。ですが、『幸せ』って何だろう――お話を作る際、私はいつもこの問題に行き当たります。その人が満足し幸福だと感じていれば、他者からどう見えてもそれがその人の『幸せ』だと私は思うのですが、今回のヒーロー・ライアンはそうではありません。彼にとっては、彼の思い描いた『幸せ』が、ヒロインであるミルドレッドの『幸せ』なのです。これって一歩間違えるとかなりの事故物件ヒーローですよね（苦笑）。

そんな事故物件ヒーローを、大変恰好よく素敵に描いてくださったのは、芦原《あしはら》モカ先生です。芦原先生の描かれる男性の色気と言ったら……！　ラフをいただいて、その色香《フェロモン》に眩暈がしそうでした。芦原先生、素敵なイラストをありがとうございました！

毎回大変ご迷惑をおかけしてしまっております、担当編集者様……！　本当に申し訳ございません（土下座）！　そしてありがとうございます!!

この本を作る際に携わってくださった全ての皆様に御礼申し上げます。

そしてここまで読んでくださった読者の皆様に、心からの愛と感謝を込めて。

春日部《かすかべ》こみと

この本を読んでのご意見・ご感想をお待ちしております。

◆ あて先 ◆

〒101-0051
東京都千代田区神田神保町2-4-7 久月神田ビル
㈱イースト・プレス　ソーニャ文庫編集部
春日部こみと先生／芦原モカ先生

腹黒従者《はらぐろじゅうしゃ》の恋《こい》の策略《さくりゃく》

2018年9月8日　第1刷発行

著　　者　春日部《かすかべ》こみと
イラスト　芦原《あしはら》モカ
装　　丁　imagejack.inc
D T P　松井和彌
編集・発行人　安本千恵子
発 行 所　株式会社イースト・プレス
〒101-0051
東京都千代田区神田神保町2-4-7 久月神田ビル
TEL 03-5213-4700　　FAX 03-5213-4701
印 刷 所　中央精版印刷株式会社

ISBN 978-4-7816-9631-7
定価はカバーに表示してあります。